U0036382

Gaea

Gaea

太歲

外傳

TAI SUEI

〔奇異旅程〕

星子teensy ——著
葉明軒 ——插畫

太歲外傳

目錄

01 三手小猴子

寶裕不同於往常那樣聒噪多話，而是低著頭猛扒飯，偶爾賊兮兮地抬起頭，偷偷地瞄爸爸一眼、瞄媽媽一眼、瞄姊姊一眼。

他那小小的腦袋瓜怎麼都想不透，爲什麼爸爸、媽媽和姊姊，變得和以前不一樣了。

本來開朗逗趣的爸爸，變得愁眉苦臉、陰鬱死寂；本來和藹溫柔的媽媽，變得暴躁凶惡，歇斯底里；而本來正值叛逆期，看什麼都不順眼、要照三餐罵他的姊姊，此時竟癡癡呆呆、歪斜著頭連筷子都不會拿。

寶裕一句話也不敢問，飯前他只不過在電視機前逗留了久一點，便讓媽媽拿著衣架子抽了屁股幾下。

事實上他一點也不怕打，他在學校裡，時常被老師打手心和屁股，也常和同學吵架、打架，有時他調皮過了頭，爸爸也會打他，姊姊也會打他，他總是吐吐舌頭裝哭幾聲，媽媽便十萬火急地衝過來保護他。

但這幾天不知怎麼回事，這個家裡除了他以外，全都變了個樣，光這三天，寶裕就被媽媽打了好幾頓，起初他嚇得連假哭都不敢，只以爲自己太頑皮了，連一向和藹的媽媽也被他惹火了。但他漸漸地又覺得奇怪，似乎不是他惹火了媽媽，而是媽媽會被任何一件小事惹火，例如突如其來的電話鈴聲，便能讓媽媽拿起電話對著話筒那端大吼大叫，或是電視機上出現了令媽媽感到討厭的人，媽媽便會順手拿起一顆橘子重重地擲向電視——幸好她拿的是橘子而不是菸灰缸。

若是往常的爸爸，見了媽媽這樣生氣，必定要一把摟上去好言安慰，說些開心有趣的笑話，但那時候爸爸竟然掩住了臉，啜泣起來。這更是將寶裕嚇壞了，他從來沒見過爸爸這個樣子。

至於他姊姊那副呆傻樣子，倒是持續半個月以上了，在爸爸、媽媽還正常時，還以爲姊姊失戀了，不時關心地安慰，誰知道某天週末假日，便連姊姊的男友也著急地來家裡探望姊姊，那男孩和爸爸、媽媽交談許久，也不知道問題到底出在哪兒，爸媽帶姊姊看了幾次醫生，找不出原因。

「我吃飽了。」寶裕下桌，乖乖地將碗筷收去廚房，他本來走向電視機，想要看平時準時收看的卡通影片，但一撇頭，卻見到媽媽正瞪著他，他打了個冷顫，趕緊放下遙控器，轉身躲回房裡。

寶裕縮上床，歪著頭發了好半晌愣，突然搖搖頭，舉起手敲敲自己的腦袋，自言自語地嘀咕著：「糟糕，不會連我也變得呆呆的了吧，像大姊那樣就完蛋了。」

他怕自己也呆了，趕緊下床活動活動，在房中繞著圈圈走，一會兒自言自語兩句，一會兒拿著他的玩具寶劍，吆喝亂斬。直到媽媽收拾碗盤經過他房間時，喝罵兩聲要他安靜，他這才不再躁動。

七歲大的寶裕本性好動、愛說話，平常的興趣除了在學校裡不停講話挨打之外，就是在家裡和風趣的爸爸鬥嘴，或是想些鬼點子惹姊姊生氣。這下子可好了，爸爸媽媽和姊姊全都變了一個樣，變得像是截然不同的三個陌生人。

寶裕輕輕地爬上床，抱著枕頭發呆半晌，他望著窗，從這平凡的家庭房間窗子向外看去的景象也是那樣地平凡無奇——那是對面的老舊公寓樓房，兩邊樓房隔得極近，各自伸出的屋簷高低不均地相接著，成了野貓的世外桃源。

對戶窗戶後頭掛著窗簾，終年漆黑，那是間空屋。這樣的窗景在一些擁擠的老舊社區裡再平凡也不過，但在寶裕眼中，卻不是那樣地平凡——

有時他打開窗，探頭出去，可以見到在那屋簷上奔跑的「小東西」，黑黑的、毛茸茸的，當他向爸爸媽媽提及這事兒的時候，他們的臉上都會浮現一種莞爾的神情，嘻嘻笑地對著寶裕說：「那種動物叫作貓咪。」

即便寶裕嚴肅地說自己不是笨蛋，自己知道貓咪是什麼，而他見到的東西和貓咪絕不會是同一種動物，但爸爸媽媽仍然堅持那是貓咪，且取笑他年紀小。

有時，寶裕會見到對面的牆上無端端地長出了一整片捲曲藤蔓，藤蔓上帶著大葉子，還開著花，他甚至見到了那藤蔓生長過程、那花開的動作，他甚至覺得那花還朝著他動了動，像是打招呼一樣，但是當他將這件事告訴爸爸媽媽時，爸爸說那是牽牛花，媽媽則翻開了在折價書市裡買的雜牌百科全書，告訴他牽牛花是什麼。但寶裕仍不滿意，寶裕堅持他所見到的「牽牛花」，跟那雜牌百科全書上的牽牛花大不相同，是一種「比牽牛花大很多，而且會動還會跳舞」的植物。

又有時，當寶裕壓低了腦袋、仰高了視線，從對面樓頂和己方窗簷的縫隙看看天空，他會見到巨大的影子掠過天際。同樣地，爸爸告訴他，那是鳥、是風箏、是飛機、是一張飄過天空的報紙或是垃圾袋，但他絕不同意，他覺得爸爸說的通通不像他看到的東西。

他不停將他所見到的一些更加稀奇古怪的東西告訴爸爸媽媽，例如某天有十幾個怪老頭排隊爬過了整面牆、或是某天有條大白鯊自窗外飛過、又或者有個好大的大青蛙不但會說話而且全身都長滿了腳。通常在這個時候，爸爸會笑他吹牛。事實上，他確實喜歡吹牛，那怪老頭並沒有十幾個，而是孤伶伶一個；飛過窗外的也不是大白鯊，而是條小魚；那「大青蛙」可沒有全身都是腳，牠只有八隻腳。

他趴在床上，望著窗戶半晌，窗外已是一片漆黑，他也漸漸地睏了，閉上了眼睛。

□

不知過了多久，一陣細碎的聲音喚醒了他，他揉著眼睛，抹抹嘴邊的口水，坐了起來，茫然地四顧張望一番，跟著，他的注意力又飄到了窗子外頭。

那細碎的追逐聲音，是自窗外而來，聽起來像是野貓在屋簷上奔跑的聲音，但那夾雜其中的低沉獸吼，卻又絕不像是貓發出來的聲音。

寶裕將紗窗也拉開，探頭向外看，只見到昏暗的屋簷上有兩隻動物正追逐著，其中一隻動作靈巧，那模樣就像是寶裕在動物園裡看過的獼猴，但那猴子有三隻手，其中一隻手上提著一只塑膠袋子，裡頭裝著東西，嘴裡還叼著一隻雞腿，左閃右避地躲著另一隻動物的追撲。

而那追逐三手小猴的傢伙，模樣古怪，似貓似犬，那是一種在「動物百科」上查不到的動物，但寶裕卻認得那傢伙，他從窗戶見過三次，雖然沒有親眼見著那傢伙的爸爸媽媽都對寶裕說那一定是貓，但寶裕覺得那傢伙長得一點也不像貓，倒有些像是逢年過節在廟會外頭見過的舞獅，只是體態小了許多，差不多就是野狗大小。

只見那黑漆漆的怪狗張大了嘴巴，發出低沉的吼聲，那聲音聽來竟像是獅子老虎，小怪狗吼了兩聲，伏低身子，跟著向前一撲，差一點就要咬著那三手小猴的左腿。

三手小猴儘管動作靈活，但氣勢終究弱了許多，讓那吼著虎聲的小怪狗撲了幾次，嚇得著急張望。

「喂……你們在幹嘛啊？不要打架……」寶裕抓著鐵窗欄杆，將腦袋擠在欄杆上，低聲說著，他倒還記得家裡爸爸媽媽的性情大變，生怕喊得太大聲，被媽媽痛打一頓。

寶裕只這麼一喊，那三手小猴和漆黑小怪狗一齊停下了動作，向這頭望來，像是有些詫異爲什麼這小孩能夠見著他們。

三手小猴畢竟機伶些，搶在小怪狗之前回神，倏地一蹬，便攀在了寶裕臉旁的鐵窗上，嚇得寶裕向後一倒，倒在床鋪上，他只見那三手小猴眼睛閃閃發亮，齜牙咧嘴地往窗子裡擠，小猴身材細瘦，輕易便擠過了欄杆，但他手上提著的那袋東西，卻沒能跟著拉進窗裡，而是卡在窗上。

「唉呀！」三手小猴一愣，口中的雞腿都要掉了下來，他兩手拉著那塑膠袋，一手接著那雞腿，急匆匆叫嚷起來：「我都忘了袋子裡有顆大香瓜啦！糟糕啦！」

那小怪狗吼地撲了過來，一張嘴咬著了那塑膠袋子向後拉扯，他倆便這麼隔著鐵窗，搶奪著一只裝著水果的塑膠袋子。

啪啦一聲，那袋子破開，香蕉、蘋果、香瓜紛紛落下，掉在高低不平的屋簷上不停向低處滾落，那一身黑毛的小怪狗趕緊轉身去叼那些水果。

而這頭的三手小猴則氣急敗壞地抓著鐵欄杆，探頭去瞧，只見大部分的水果都繼續滾落，那不會滾動的香蕉早讓那小怪狗叼到了遠處擱著。三手小猴一面啃著手上的雞腿，眼珠子骨碌碌地轉動，一副想要趁機去將香蕉搶回來的模樣。

但那小怪狗像是有所防備，先是從散落在屋簷上的某些垃圾中翻出一只破爛布袋，跟著將香蕉和幾顆蘋果叼入那破爛布袋中，再啣起布袋提手，繼續去追其他水果。

「死虎爺、臭虎爺，氣死我了！」三手小猴忿恨地瞪著那遠處的黑毛小怪狗。

「小猴子……什麼是虎爺啊？」寶裕縮在床邊，緊張兮兮地問。

「咦？」那三手小猴轉過頭來，瞥了寶裕兩眼，跟著轉頭到處看看，確定身邊沒有其他「小猴子」，這才狐疑地問：「小孩，你叫我嗎？你在跟我說話嗎？」

「嗯……對啊，這邊只有你一個小猴子啊……」寶裕壓低聲音，生怕吵著了隔壁房的姊姊和爸爸媽媽。

「真妙！」三手小猴抓著雞腿，跳到床上，賊頭賊腦地望著寶裕，說：「怎麼你看得見我啊？」

寶裕愣了愣，答：「我……我看得見啊……」

「這可怪了，我是精怪耶，凡人怎麼看得見精怪？」三手小猴胡亂搔著腦袋，跟著拍了拍手，說：「我知道了，你這小孩有陰陽眼！」

「什麼陰陽眼啊？」寶裕聳了聳肩膀，不解地問。

「就是……」三手小猴想了想，解釋：「總之……就是可以比一般人看見更多東西，精怪啦、鬼神啦，有的沒有的。」

「什麼是精怪啊？鬼神是鬼跟神仙嗎？」寶裕又問。

「唉呀你問題怎麼這麼多啦，我又不認識你，幹嘛要回答你的問題啊，我還有事，不跟你囉唆了啦，我的水果都讓臭虎爺搶走了，氣死我了！」三手小猴邊說，邊跳回欄杆要往外頭去。

寶裕連忙說：「你肚子餓嗎？我家也有水果，你要吃嗎？」

「是嗎？」三手小猴本來半邊身子已經擠出了窗外，還將肉給啃得精光的雞骨頭隨手一拋，但聽身後寶裕這麼說，便又縮回身子，望著寶裕。「你要請我吃水果呀？」

寶裕點點頭說：「我家好多水果喔，我媽媽買了一堆水果，我吃太少，還會被罵喔，請你吃沒關係。」

「小孩，你眞夠意思！」三手小猴跳回床上，用那油膩膩的手拍了拍寶裕的肩膀。

跟著，他倆下了床，來到門邊，寶裕先將耳朵貼在門邊，細聽外頭動靜，寂靜無聲，接著輕輕推開門，還對三手小猴比了個「小聲」的手勢。

「哈哈，眞好玩，小孩要偷家裡的水果請朋友吃啦。」三手小猴跟在寶裕背後，笑著說。

「噓——」寶裕聽那三手小猴講話尖亮，連忙又連比了幾個「小聲點」的手勢，領著他出了房門，外頭一片漆黑。

「咦？」寶裕有些詫異，望望姊姊房間的方向，再望望主臥房的方向，全都漆黑一片，一點光線都沒有，以往即便是夜裡，房中也會開著小夜燈，門縫便會透出微弱光線，且廁所牆上也會亮著小夜燈，方便家人夜裡如廁。

寶裕倒是第一次見到家中漆黑一片，儘管如此，他還是領著三手小猴，來到了廚房，指著冰箱旁一只紙箱，說：「這邊有西瓜、香瓜。」

「哇塞！眞棒，這香瓜比臭虎爺廟裡的瓜還棒。」三手小猴捧起了個香瓜，先是聞一聞，跟著一口連皮咬了起來，狼吞虎嚥吃著那香瓜。

寶裕見他吃得又急又快，像是餓了很久一樣，便揭開冰箱，問：「你吃不吃肉啊？」

「吃！」三手小猴點點頭說：「我什麼都吃。」

寶裕便端出一盤切牛肉。媽媽雖然性情大變，但手藝依舊，甚至會做出超量的餐點菜餚，買回過量的水果食物，這也是這幾天寶裕挨罵挨打的原因之一，他總是剩下太多飯菜。

「冰冰的牛肉，也挺好吃。」三手小猴一手還抓著那香瓜，一手接過了切牛肉，又一手揭開保鮮膜，抓了牛肉就往嘴裡送，還一面點頭稱讚。「好吃好吃！」

「喂，你能不能讓我帶幾個水果走啊？我還有些朋友，也好久沒吃東西了。」三手小猴很快吃完了牛肉和香瓜，拍著鼓脹的肚子，滿足地在大紙箱裡挑著其他水果。

「嗯，可以啊……」寶裕點點頭，還替三手小猴遞了個塑膠袋。

「蓮霧好！小顆一點才穿得過鐵窗，咦，還有白菜、黃瓜跟茄子呀，小孩，你家眞多菜耶。」三手小猴挑揀半晌，裝了兩小袋水果，滿意地走回寶裕的房間，頭也不回地跳上床、跳上窗。

「咦？」寶裕急急地問：「小猴子，你要走啦？」

「對啊，我朋友肚子餓得很，我得快點回去讓他們吃點東西。」三手小猴這麼說，跟著又補了一句：「謝謝你啦，小孩。」

「啊，那個，你可以告訴我你的名字嗎？」寶裕像是有些失落，愣愣地問。

「我叫賊仔。」三手小猴抓了抓頭。「你呢？小孩，你叫什麼？」

「我叫黃寶裕。」寶裕搓搓手說：「你……你可以當我的寵物嗎？媽媽都不讓我養寵物……」

「啥？」那叫作賊仔的三手猴子先是一愣，跟著呸了一聲。「死小孩，你以為請賊仔我吃幾個水果，就要我變成你的寵物呀，想得太美了吧，就算你不請我吃，我也能偷來吃，我才不當寵物，最多當你是朋友。」

「朋友？」寶裕愣了愣，便點點頭說：「可以啊，朋友也沒關係，明天你還來嗎？」

「來幹嘛？」賊仔挑揀的都是些體積較小的水果，又用第三隻手調整袋中水果位置，便這麼將兩小袋水果擠出了鐵窗，跟著身子也擠了出去，回頭望著寶裕，說：「你還要請我吃水果喲？」

「嗯。」寶裕點點頭，來到窗邊。「我爸爸媽媽變得怪怪的，都打我罵我，都沒人跟我說話，我好無聊。」

「這樣呀……」賊仔想了想，點點頭。「好，交你這個朋友，又吃你的水果，陪你講講話也沒什麼，不過我要先回去讓我朋友吃東西，他們好幾天沒吃東西了，明天我帶他們來跟你說話。」

「好！」寶裕開心地將手伸出鐵窗，比出小指和拇指，要和賊仔「打勾勾」。賊仔不明白什麼是「打勾勾」，胡亂抓著寶裕的手握了握，跟著轉身一跳好高，跳上了對面窗簷，再一翻身，翻到了隔壁樓頂。

樓頂上立著雨棚子，靠近水塔的地方堆積著各種雜物，還種著花花草草，賊仔提著兩小袋水果快速奔躍過那花盆雜物，跟著越過了圍牆，跳上另一戶人家的頂樓。

月夜下，賊仔不停跳躍奔跑，一連奔過了十幾棟老舊公寓，最後，他順著某棟公寓的排水管滑下，鑽入一處狹窄的防火巷裡。

在那防火巷的末端，堆放著許多廢棄雜物，有個營業用的大冰箱橫躺在地，冰箱門損壞敞開，有幾只破爛的瓦楞紙板擋著冰箱內部空間。

賊仔朝那冰箱喊了幾聲，那瓦楞紙板微微掀開，縫隙裡露出一雙黃澄澄的眼睛，害怕地向外望，一見是賊仔，眼神鬆懈許多。「賊仔哥哥回來了。」

賊仔上前揭開了紙箱，那冰箱裡頭躲著兩個精怪，一個身形體態像是人類嬰兒，卻有顆狐狸腦袋，穿著極不合身的破爛童裝，抱著膝蓋縮在冰箱內部角落。

另一個是個肥嘟嘟的山豬精，一身黑毛，癱軟無力地趴著，肚子上有個大傷口。

「我帶吃的回來了。」賊仔摸了摸那小狐狸的腦袋，賊仔個頭兒和那小狐狸差不多，甚至更加細瘦，但語氣舉止倒是這兩個精怪的頭頭一般，他從袋中掏出了個蘋果給小狐狸，跟著在那小山豬身旁蹲下，摸了摸小山豬的背，轉頭問小狐狸：「爆爆今天情形怎麼樣？」

「爆爆越來越虛弱了，前兩天他一會兒喊肚子疼，一會兒喊肚子餓，今天連喊的力氣都沒了。」小狐狸一面大口吃著蘋果，一面揉著眼睛說，他吃得很急，一下子就將那蘋果吃得一乾二淨，連果核都嚼碎了吞下肚去。賊仔見他餓成這樣，便又拋了個蘋果給他。

「哄哄……」那叫作「爆爆」的小山豬精聞到了蘋果香，睜開了眼睛，發出了小豬叫聲，說：「是不是賊仔哥哥……帶東西回來啦？」

「是啊，我帶了好吃的水果來給你們吃。」賊仔連連點頭，從袋中取出了蘋果，湊上爆爆的嘴。

爆爆的嘴一觸到那蘋果，便張了老大，喀啦就咬去了大半顆蘋果，呼嚕嚼了起來。

「哇！你差點把我的手也給吃了！」賊仔連忙將那半顆蘋果塞進了爆爆嘴巴裡，又掏出一些水果，擺在爆爆嘴邊，隨他吃。

「對了，狐兒，今天有沒有可疑的傢伙接近這裡？」賊仔轉頭問那叫作「狐兒」的小狐狸。

狐兒先是搖搖頭，跟著又歪頭想了想，說：「沒有人進來，但……我聽見聲音。」

「聲音？」賊仔愣了愣，有些警戒，轉頭四顧一會兒，這才又問：「什麼聲音？是那屍鬼的聲音？」

「不曉得……」狐兒將第二個蘋果也吃下肚了，但這次他便沒吃果核了。「聲音有點像，沙啞啞的挺嚇人。他們像是在找精怪，但找的不是我們，好像是附近山上的狗哥哥們。」狐兒說到這裡，頓了頓，指著狹長防火巷的外頭，說：「我是今天黃昏的時候，在外頭聽到的，我有些害怕，便躲回這裡了。」

「嗯……」賊仔盤坐下來，撐著腦袋想了想，說：「這地方越來越不安全，那些惡傢伙們遲早會找上門來，我們得躲到更安全的地方。」

「賊仔哥哥，他們到底是誰啊？爲什麼找我們麻煩，我們好好住在山上，也沒得罪他們。」狐兒說到這裡，哽咽起來，嗚咽地說：「爲什麼胡亂欺負我們，把我爸爸媽媽都殺死了……嗚……」

「別哭了，狐兒，我好多朋友也被那些惡傢伙們殺死了，我可不哭，哭了就輸了。」賊仔仰起頭，恨恨地望著狹窄防火巷上頭的夜空雲朵，隱約可以見到微微的月光。「我可是不甘心得很，我一定要報仇！」

「賊仔哥哥！」那本來癱軟躺著的小山豬爆爆吃了水果，恢復了些精神，講話也大聲許多，他嚷嚷說：「我聞到了牛肉味，還有雞肉味，是不是你吃了牛肉和雞肉！」

「呃……」賊仔有些不好意思地搔了搔頭說：「是呀，我去了一間廟裡，偷了些水果和雞腿，誰知道惹著了廟裡的下壇將軍，死追著我不放，我一直逃，逃了好久，東西太多，只好邊逃邊吃，這才將雞腿給吃了。本來我是想留給你吃的。」

「是嗎？」爆爆瞇起眼睛，又嗅了嗅氣味，問：「那牛肉呢，也是在路上吃掉了嗎？」

「這倒不是，我正要和你們說這件事。」賊仔想起了寶裕，拍了拍手說：「我一路逃進了一戶人家裡，我的水果都讓那臭小虎兒給搶了回去，誰知道那人家裡有個小孩竟瞧得見我，我想他是有陰陽眼。這些水果就是那小孩給我的，他可大方了，還請我吃了一盤牛肉，嘻嘻。」

「一盤！」爆爆聽到這裡，雙蹄使力，撐起了上半身，瞪大了眼睛，氣呼呼地說：「臭賊仔哥哥，你獨自吃光一整盤的牛肉，卻沒帶來一塊肉給我和狐兒哥哥？」

「呃……」賊仔連連搖手說：「也……也不算一整盤啦，差不多半盤吧，也沒多少……爆爆，你要知道我也餓了好幾天吶，我可沒想那麼多。況且，平時狐兒小弟在這兒照顧你，我還得四處找東西吃，還要被下壇將軍追，還要躲那些惡傢伙，我可累慘啦，若我沒吃個飽，哪有力氣替你們找東西吃呀？」

「哄哄……嗚……」爆爆這才乖乖伏下身子，卻仍然有些不甘心，低聲回說：「你說替我們找東西吃，結果自個兒卻將好吃的吃完了……我也想吃雞腿和牛肉……」

狐兒本來抱著膝看著天空，聽爆爆那麼說，便皺起了眉頭，斥責地說：「爆爆，你怎麼這麼說話，要不是爲了救你，賊仔哥哥也不會給那些惡傢伙砍去了一隻手！這些天咱們躲在這兒，也是爲了照料你，不然大可以往偏僻的地方逃，又何必躲在這危險的鬼地方。」

「哼！狐兒哥哥，你可以自己逃啊，又沒人要你守著我，我……我……」爆爆像是受了滿腹委屈，呼嚕一聲哭了起來：「我的肚子也受傷啦，我的豬爸豬媽都被殺死了，我只是想吃雞腿嘛！我的肚子好痛啊……而且又餓了……」

「就你可憐，我不可憐？」狐兒聽爆爆哭，便也又哭了。

「好了啦！」賊仔搔著頭，舉起了手，在爆爆跟狐兒腦袋上分別敲了一下，說：「這時候還吵什麼，我好多朋友也給殺啦，我還給砍去了一隻手，也沒哭，哭了就輸啦！」

賊仔邊說，邊動了動身子，將左手高高舉起，他左肩下方還有個明顯傷口，那是他的斷臂處，他本來有四隻手的。

「我難過嘛！」爆爆讓賊仔敲了記腦袋，哭得更大聲了。「輸就輸，輸了更難過，難過就更想哭嘛……」

「有雞腿吃你還難過嗎？」賊仔上前摀住了爆爆的嘴。

「哪有雞腿，雞腿都讓你吃了，你要去替我找雞腿嗎？」爆爆一聽賊仔提起雞腿，便不哭了。

「現在沒辦法了，太晚了，那小孩大概也睡了，等明天吧，那小孩的媽媽手藝眞好，而且怪得很，聽那小孩說，他媽媽會做很多菜，他不吃還會挨罵挨打呢，明天我們去幫他吃。」賊仔這麼說。

「是喔！」爆爆一聽，高興地站了起來，但感到肚子上的傷口發出疼痛，這才又哀號幾聲伏倒在地。

「你小心點啊，別又把肚子上的傷口弄裂了。」「爆爆最怕疼，但聽到吃，便連疼都不怕了。」賊仔和狐兒七手八腳地幫爆爆調整伏地姿勢，就怕他肚子上的傷口又崩裂淌血。

「咦，狐兒，你上哪去？」賊仔見到狐兒起身，往外頭走，便這麼問。

「我去站崗。」狐兒吁了口氣，拍拍那破爛童裝上的灰塵，轉頭說：「賊仔哥哥，你累了一天，好好歇著。我去外頭看著，有什麼動靜就通知你。」

「嗯……」賊仔有些遲疑，但見到狐兒講話時尾巴還微微搖動出紫氣，知道他吃了蘋果，恢復了些力氣，能夠施展些狐精法術了，而自己疲累了一天，確實得歇息了，便說：「你得小心點，要是碰上了惡傢伙們，能逃就逃，不能逃就喊我，我會去替你打跑他們。」

「嗯，我知道。」狐兒點點頭，轉身往防火巷外頭走去，他豎起耳朵，聚精會神地感應四周動靜，鼻子還嗅個不停。

他繞出了這防火巷，一個縱身，跳上了附近一處矮牆，那矮牆前頭有盞街燈，街燈上還插了些旗幟，後頭有幾棵樹，垂下好幾條枝幹，上頭長滿了葉子，狐兒便藏身在這樹葉、街燈和旗幟之間的隱密處，凝神望著空蕩蕩的街。

□

喀啦、喀啦、喀啦——

一陣輪子聲響吸引了狐兒的注意，他探出頭，往小巷那端的聲音來源望去。

那是輛三輪腳踏車，騎著車的是個少年。

三輪腳踏車後頭的貨架上載著簡易的油炸設備和一些瓶罐醬料，腳踏車上的小招牌已經關上，暗沉沉的。

狐兒默默望著那少年費力地踩著三輪車，緩緩駛過這小巷，這才注意到後頭還有個婦人，抓著三輪腳踏車上的支架，也出力推著車。

「阿關，再幾天就是你生日了，你想要什麼？」那婦人探出頭，問著騎車的阿關。

阿關回頭，搖了搖頭說：「不用啦，我沒有什麼想要的東西。」

「你不是說有個喜歡的女孩子，要不要送她點東西？」那婦人又問。

「哈，幹嘛講這個，我隨便亂說的啦。」阿關先是一愣，跟著不好意思地說：「我生日應該是她送我東西，怎麼會是我送她東西，而且……又不是我送她東西，她就一定要收……」

那婦人想了想，又說：「再不然，媽幫你買幾件新衣服，你約人家吃個飯什麼的。」

「不用啦！」阿關苦笑著說：「那也得人家願意跟我吃飯才行，我寧願省一點，換台大一點的車，最好是以前家裡的小貨車，這樣每天可以跑更多地方，生意說不定會好一點……」

阿關邊說，邊費力地踩著踏板，這三輪車上載著油鍋、臭豆腐、醬料、瓦斯桶，和那發光招牌及招牌電源，騎來可不輕鬆。

「這倒是……唉……」那婦人嘆了口氣，不再多問，默默地幫忙推車。

狐兒望著遠去的阿關和月娥，又縮回了頭。這些天，狐兒這是第三次見到阿關和月娥這樣路過這條小巷子，對那臭豆腐的氣味倒是印象深刻，且有些好奇，也想嚐嚐那怪異味道的豆腐吃起來是什麼滋味，但是又怕不合胃口。

「哈，再不然明天弄點那臭味豆腐給爆爆吃，他吃了好吃，我再吃，要是不好吃，看他生氣也瞧得好玩，呵——」狐兒想到這裡，不禁噗嗤一笑，但隨即搖搖頭，自言自語地說：「爆爆那傢伙什麼都吃，什麼都說好吃，這可不行，還是也讓賊仔哥哥嚐嚐比較妥當。」

狐兒想到這裡，抬頭看看天上月亮，又想起了不久之前在山上那無拘無束的快樂生活，想起了爸爸媽媽和精怪朋友們，不禁又難過起來。

然而，他沒能難過太久，身後某個方向，傳來了那令他感到熟悉而害怕的氣息——

是一些屍鬼。

那些屍鬼鑽入了某戶人家，那似乎是間空屋，狐兒將身子緊緊縮著，且輕輕搖動尾巴，放出微微紫霧，隱蓋去自己身上的氣味，隔著茂密樹葉，偷偷瞧那處空屋。

半晌後，那幾隻屍鬼又攀出了空屋，其中一隻屍鬼口裡還叼了隻精怪，是隻虛弱的狗精。

「啊！是阿狗……」狐兒驚訝地望著那幾隻屍鬼將那狗精叼著，囂張地往另一處方向走了。

狐兒以往和阿狗交情要好，半個月前大夥兒被一群屍鬼攻破了家園，四處逃難，許多精怪朋友都讓那些屍鬼給殺了，他和賊仔、爆爆結伴逃下山，流落在這防火巷裡，此時見到阿狗讓屍鬼抓出了空屋，這才知道原來阿狗的藏身處離他們這麼近。

狐兒心中掙扎，不知該不該通知賊仔，他知道阿狗和賊仔以往在山上互相看不對盤，且賊仔此時還得照料著爆爆，硬要他冒著生命危險幫忙救自己的朋友，似乎有些說不過去。

狐兒心中掙扎半晌，見到那幾隻屍鬼已將阿狗叼出了巷子，便也管不了那麼多，小心翼翼地跳出藏身處，仗著紫氣掩護，挑著不起眼的小路穿梭，遠遠地跟在那幾隻屍鬼後頭。

好幾次，狐兒想要衝上去和那些屍鬼拚了，他見到那些屍鬼將阿狗的尾巴給咬了下來，又將阿狗的前足後足都扯離了身子，像是在玩弄阿狗。阿狗虛弱無力，終於垂下了頭，一動也不動了。

狐兒流著眼淚，仍然遠遠跟在那幾隻屍鬼身後，就想要瞧瞧那些屍鬼到底來自何方。

就這樣跟了好半晌，那些屍鬼終於停了下來，那是一處位在巷弄裡的廟宇，廟宇大門緊閉，那些屍鬼穿過了門，進入了廟裡。

狐兒遠遠望著，不敢再往前進，他仔細打量那廟宇四周，門外垂掛著三只大紅燈籠，上頭寫著字——「順德宮」。

02

惡神仙

「什麼？真是神仙廟？」賊仔瞪大了眼睛望著狐兒。

「是真的，我親眼看見的，那些屍鬼全都進了那『順德宮』，阿狗也讓他們殺了。」

狐兒悲傷地說，他昨夜一路跟著那幾個屍鬼，見著那幾個屍鬼進了廟裡，他不敢再跟去，只好返回這藏身處。到了早上，賊仔醒來，他這才將昨晚目睹的事情經過，一五一十地說出。

「當時那些惡傢伙殺上山來時，只說是要招募手下，我還當是哪個囂張蠻橫的惡山精……」賊仔不可置信地望著狐兒，又問了一遍：「你真確定，是神仙廟，不是孤魂惡鬼弄的假宮，狐假虎威？」

狐兒攤攤手說：「這個我也不清楚了，我沒見著那頭目，也不敢進去，但那傢伙肯定不是一般小角色，他那宮廟看來不起眼，但一股仙氣摻著邪氣，凶狠得很，比起一般土地神、小山神什麼的都來得凶悍許多呀，若不是神仙，那肯定就是神仙失職啦，才任這大魔在凡人界裡作威作福。」

「有這線索就好辦了，咱們想辦法告狀去！」賊仔這麼說，跟著他歪著頭想了想，又說：「這附近就有兩、三間宮廟，我昨晚上了其中一間偷了供品水果，可不能再去，咱們去告狀，告那順德神的狀，不管那是真神假神，總之要讓其他神仙知道這件事。」賊仔邊說，邊要拉著狐兒走。

「好，不過讓爆爆獨自留在這兒，安全嗎？」狐兒應了一聲，回頭看著那還躺在冰箱裡打鼾沉睡的爆爆。

「天一亮，那些屍鬼就不出來了，咱們只要在晚上前回來就行了，到時候再帶著爆爆去小孩家裡討點東西吃。」賊仔這麼說，跟著領著狐兒往藏身處附近的一間私人神壇趕去。

他們在清晨的巷道中穿梭奔走，往來的行人們見不著隱了身的他們，不一會兒，他們便來到了這神壇。

只見這神壇便和那順德宮一樣位在巷弄民居之間，小小一間，騎樓下的廟門外還擺了座大香爐，上頭插的香稀稀疏疏，廟裡頭也十分簡陋，看來這廟的香火生意不大好。

賊仔和狐兒來到了那神壇外，瞅了瞅那門外躺椅上的廟祝老頭，老頭正悠哉搧著扇子，一點也沒留意到兩隻精怪自他身邊走進了神壇裡頭。

「這廟有神嗎？怎地沒一絲神味？」賊仔和狐兒站在供桌前拜了半晌，說了些恭維的話，卻遲遲沒有回應，賊仔便掀起了供桌桌巾，望著桌下的虎爺泥像，只見那泥像抖了抖，唰地撲出一隻小虎爺，那小虎爺體型好小，竟和狐兒那對嬰兒巴掌一樣小，一雙眼睛抖呀抖地竟睜不開，一身白毛上隱隱帶著灰紋。

「這是啥呀！」賊仔倒嚇了一跳，連忙退開，只見那白毛小虎爺自桌巾底下探出了腦袋，四顧張望，說是張望，但他眼睛睜不開，所以只能用鼻子嗅、用耳朵聽。白毛小虎爺聞了半晌，跳了出來，張開了嘴巴，啊啊叫了起來，跟著倏地朝賊仔撲來。

「哇！」賊仔連忙閃開，搖著手說：「虎將軍，別激動，我不是惡鬼，我是山精，我是來告狀的！你們家主神在嗎？這廟有主神嗎？」

那白毛小虎爺像是聽不太懂賊仔說的話，在門邊又聞了聞，跟著轉身朝著賊仔又是一撲。

賊仔再次閃身，同時伸手抓住了那小虎爺的尾巴，再用兩指捏著了他後頸上的軟皮，仔細瞧了瞧，這小虎爺此時體型竟比一般家鼠還要小了些。

「什麼啊？」狐兒湊了上來，也十分好奇。「這就是下壇將軍呀？賊仔哥哥，你昨天就是讓這些傢伙追趕啊？」

「這……」賊仔愕然望著這小虎爺，他從沒見過這麼小的虎爺，連連搖頭說：「不對不對，昨晚上追我的，和野狗一樣大，可不是這小東西，這是啥玩意兒？這是下壇將軍嗎？比老鼠還小，這能做啥？」

賊仔和狐兒捏著這白毛小虎爺打量了半晌，他們可不知道，這連眼睛都睜不開的小傢伙，此時看來雖然孱弱無比，但在往後的日子裡，他可是身經百戰，還有個響亮的名字——

「牙仔」。

此時的牙仔嘴裡別說那根後來給撞歪了的凸牙，而是連一根牙都沒有，兩隻如筷子粗細的小爪胡亂扒抓，抓到了賊仔指頭，便轉頭去咬。

「哇！」賊仔先是一驚，跟著嘿嘿笑了起來。「他吸我的手指吶，他想吃奶了！」

狐兒見了，也覺得好玩，湊上前來也伸手想要摸摸牙仔。但廟裡燭火忽地一漲，供桌上一尊塑像震了震，微微發出了紅光，且還發出了說話聲音：「哪裡來的山精，竟敢捉我的下壇將軍！」

「啊！是神仙！」賊仔一聽那神像開口說話，趕緊將小牙仔放到了供桌上，跟著拉著狐兒在桌前跪了下來，磕了幾個頭，說：「神仙大人呀，我們兩個可憐的小山精，是要來向大人您告狀的！」

「告狀？告什麼狀？」那神像這麼問。

「大人，您有所不知，這些日子附近幾座山上的精怪們，可都被一些惡棍欺壓得好慘呀！那是一個叫作順德神的惡神仙，那順德神用邪法操縱屍鬼，四處攻打劫掠，硬逼咱們這些與世無爭的精怪做他手下，不服便殺，這些日子，好多精怪都逃下了山，四處躲藏，好多精怪的家人朋友，都給那惡神仙殺了。求神仙大人您一定要主持公道，治治那順德神啊！」賊仔伏在地上，高聲說著。

賊仔說完，好半晌沒得到回應，他覺得奇怪，抬起頭來，望了望那神像，只見那神像周身仍隱隱發著紅光，卻再沒回話，他又等了半晌，按捺不住，說：「大人……」

「大膽！」那神像轟地一震，紅光四射，一個灰袍老仙蹦了出來，一手拿著拂塵，一手仗著劍，臉上神情扭曲，兩眼微微發紅，吹著鬍子瞪著賊仔罵：「順德大帝可是聲名遠播，大帝揮軍征山，是因爲那山上有惡鬼作亂，豈容你這兩隻小精在這兒搬弄是非、顛倒黑白，污衊大帝！」

「啊……順……順德大帝？」賊仔驚恐無助，向後退開，轉頭問著狐兒：「那順德神有這麼大？你怎麼沒和我說？」

「我……」狐兒也嚇得傻了，連連搖頭。「我不知道，那只是間尋常小廟，況且……我只聽過玉皇大帝，可沒聽過什麼順德大帝……」

「大膽呀——你這兩個小輩，看我斬了你們腦袋，獻給順德大帝祭旗！」那灰袍神仙高舉起劍，就要斬下，突地一個小東西撲上那灰袍神仙的頸子，是小牙仔，小牙仔張大了嘴巴，狠狠朝著那老仙的脖子一咬，但他口中無牙，這麼一咬倒像是搔癢一樣，讓那老仙縮了縮脖子，氣憤地將牙仔撥落下地，大罵著：「你這小孽畜造反啦——看我連你也斬了！」

小牙仔張大了嘴巴，還叫不太出聲來，但動作卻十分靈敏，眼睛雖睜不開，但一感到灰袍老神仙的那股邪化氣息逼近，便趕緊鑽入了供桌底下。灰袍老仙伏了下來，伸劍往桌下胡亂刺著，牙仔早已從另一側鑽出了供桌，循著牆胡亂爬，躲進了牆邊一只鐵罐後頭。

那老仙亂刺一通，氣呼呼地站起，再回頭，已不見賊仔和狐兒，想必是見苗頭不對，早跑遠了。

「臭精怪……臭下壇將軍……氣死……氣死我了……」灰袍老仙原地唾罵半晌，這才又高高躍起，鑽入了神像裡頭。

小牙仔躲在鐵罐後頭，好半晌後，這才敢探出頭來，他發著抖，可不明白前些日子還和藹可親的神仙爺爺，怎麼這幾天性情變得這麼凶厲古怪。虎爺本是被訓練作爲收伏妖邪的廟中神兵，這些日子天上惡念降臨，神仙們漸漸地邪化了。廟中主神身上充斥著濃濃妖邪氣息，可讓大小廟裡的虎爺們感到惶恐不安，尚未睜開眼的小牙仔更加難以辨認這股邪味到底是妖還是神，他聽了灰袍神仙斥喝，這才知道自己咬錯了人，咬著了自家主神，驚恐害怕加上茫然無助之際，便也不敢再溜回桌底，而是一路爬出了廟外。

小牙仔走在路邊，落進了水溝裡，在水溝裡爬著，爬了半晌，便咿咿呀呀地哭了起來，他邊哭邊爬，也不知走了多久，終於又爬回了地上，他看不見東西，只能嗅著氣味亂找。

小牙仔便這麼從白天走到了黃昏，他沒看見那逐漸下山的夕陽，但他卻感應到了那股熟悉的親切感和安心感，他聞到了線香氣息，他聞到了神仙的氣息。

跟著，他覺得身子騰了起來，他是給叼起來的。

幸好他的眼睛還沒睜開，否則可要嚇壞了，叼起他的，是那一身烈火紅毛、身型如同水牛大小的虎爺阿火。

「唉喲喂呀！」六婆又是驚訝、又是好笑地奔到了老廟門前，瞪大了眼睛，望著阿火嘴下那不停掙扎、噫呀哭著的小牙仔。她伸出手，接過了小牙仔，摸了摸他背上的毛，怪笑地說：「怎麼會有這麼小隻的虎爺啊？眼睛都睜不開……」

「啊，你小老虎是怎麼來到六婆這所在啊？」六婆嘻嘻笑地捧著小牙仔來到了廟裡供桌前，將他放到了地上，跟著掀起那供桌桌巾。只見裡頭有六、七隻大小虎爺，全擠在供桌底下，有些身上還受了傷，縮在角落，一副驚恐模樣。其中也有幾隻虎爺探出了頭，嗅了嗅小牙仔，還伸出舌頭，舔了舔小牙仔。

小牙仔感應到熟悉的氣息，搖搖晃晃走進供桌底下，自個兒找了個角落伏下，一動也不動。

「嘿，眞是奇怪吶，每兩、三天就有小老虎跑來，當六婆這裡是大旅館，都不回家啦？」六婆看得出奇，一時之間也想不通是什麼緣故。她又看了半晌，放下桌巾，起身燃了炷香，對著供桌上的金甲神拜了幾拜，口中唸唸有詞，問的便是這虎爺的事兒，但她問了半晌，擲了十數次筊杯，卻也得不到金甲神的回應，六婆可不知道，此時廟裡的金甲神，早已去了順德宮，向那自稱大帝的順德神俯首稱臣了。

□

「姊姊……姊姊？」

寶裕不安地敲著姊姊的房門，無人回應，他又回頭看了看爸爸媽媽的房門，也不知道該不該敲門喊他們。

他一大清早就醒來了，想起了昨晚房間中的奇遇，心中又是興奮又是期待，就希望太陽趕緊下山、媽媽趕緊做菜、大家趕緊入睡，好讓那三手小猴子再次找上門來陪他說話。

但他等了一個上午，家中一點動靜也沒有，他好幾次想要喊爸爸媽媽，卻又怕被性情大變的媽媽教訓打罵，只好自己看了許久的電視，肚子餓得很，便從冰箱隨便翻了些東西吃。

一直到了下午，太陽都下山了，家中仍然沒有動靜，他漸漸焦慮、害怕起來，又想或許是爸爸媽媽又帶著姊姊去看醫生了，這才壯著膽子，敲了敲姊姊的門。一連數次，姊姊都沒回應，他握著門把，輕輕旋轉，轉開了門，卻是一驚，原來姊姊並沒有出門，而是癱躺在床上，眼睛半閉，翻著白眼。

「姊……姊姊？」寶裕讓姊姊這副模樣嚇著了，他知道姊姊病了許久，但昨天之前，姊姊只是癡癡呆呆，可不像現在這樣口唇灰白、臉色發青、額頭發黑、滿臉都是斗大的汗珠，浸得周遭床鋪、薄被都濡濕了一片。

「姊姊？姊姊？」寶裕又是害怕又是擔心地拍了拍姊姊的臉，姊姊一動也不動，但眼神卻突然變得犀利，突然睜大了眼睛，眼珠子直勾勾地瞪向寶裕。

而同時，家中的電燈忽然閃爍幾下，這可將寶裕嚇得跌坐在地，發著抖問姊姊：「姊姊……」

姊姊陡然直坐起身——

轉頭——

望向寶裕——

下床——

這一連串僵硬而不自然的分解動作，像是卡通裡的機器人，又或是恐怖電影裡的活屍。當然，姊姊現在的表情，自然是像活屍些。

「啊！」寶裕駭然大驚，掙扎站起想要往外逃，突然燈光又是一陣閃爍，跟著，喀啦，爸媽的門也開了。可又將奔出姊姊門外的寶裕嚇得撲倒在地，他仰起頭，只見到爸媽敞開的房門裡，爸爸站在門邊，一身濡濕睡衣和那怪異臉色，便和姊姊如出一轍，而媽媽則像是剛剛坐起，還沒下床，撇過了頭，瞪大了眼睛望著寶裕。

「爸……爸爸……媽媽……啊……」寶裕可給嚇得魂飛魄散，他張大嘴巴，拚了命地往自己房間方向爬。

姊姊走出了房門，爸爸也走出了房門，他們的動作緩慢而僵硬，眼神空洞，一步一步地跟著寶裕。

寶裕總算是逃回了自己房間，想也不想地將門重重關上，還按下門把上的鎖，跟著撲上了床，哇的一聲終於哭了出來。

嚓——

嚓——

那是指甲扒門的聲音，寶裕用薄被將自己緊緊裹著，全身抖個不停，只聽那扒門聲響逐漸加大，他驚恐地喊著：「爸爸，你們不要嚇我啦！嗚嗚——」

那扒門聲持續了數分鐘，這才漸漸靜止。

寶裕發著抖，滿臉鼻涕眼淚地從薄被裡探出頭來，可又嚇得魂飛魄散，他見到門上的透氣窗外，有一張人臉，那是他姊姊的臉。

姊姊那張死寂青森的臉，咧開了可怕的笑容。

像是餓狼看見了食物一般。

姊姊可沒長那麼高，或許是踩著凳子，又或許是坐在爸爸的肩上，但寶裕這當下哪裡想得了那麼多，他幾乎要給嚇得暈了過去，雙腿一抖，尿濕了一褲子。

「哇！不要嚇我啦！你們不要嚇我啦！」寶裕再也受不了這種恐懼，尖聲嚎啕大哭起來。忽地，房間中的燈光陡然暗去，四周伸手不見五指。寶裕尖叫著，將身子盡量往牆角縮。

碰——碰碰——

響亮的撞門聲一聲一聲響起，起先是每隔幾秒重響一聲。每一記撞門聲，都嚇得寶裕猛烈顫抖。跟著，那撞門聲愈漸激烈，像是狂風暴雨般地轟炸著門，幾乎淹沒了寶裕的狂嚎哭聲，那令他感到在門外的不是他的爸爸媽媽和姊姊，而是發了狂的凶獸惡魔。

磅的一聲地動天驚，木門給撞開了。

跟著是赤腳走在略微帶有黏性的膠質地板上的腳步聲，腳步聲漸漸逼近寶裕。

寶裕用薄被子緊緊裹著自己，他縮在床上的牆角處，他的身子幾乎縮成了一個枕頭大小，驚慌地抖個不停。

那腳步聲逼近了床邊，停了下來，跟著是搬動書桌桌椅的碰撞聲音，然後是衣櫃門給拉開翻弄衣服的聲音，再然後是揭開房中小櫃子櫃門的聲音，總合起來這陣聲響，就像是爸爸或是姊姊正在尋找什麼東西般。

緊接著，房間外頭傳出了一聲尖叫，那是媽媽的聲音。

房中那翻找東西的爸爸或是姊姊，這才轉身離去。

「嗚……嗚……」寶裕仍然緊緊縮躲在薄被子裡，在門被撞開來時，他便不再尖叫，此時的他，連哭都哭不出來，而是上氣不接下氣地喘著，身子仍然抖個不停，他想要看看被子外頭，但身子因爲過度驚恐，緊繃過度，一時之間僵硬發麻，一動也不能動。

突然之間，寶裕感到背上被拍了幾下，令他差點給嚇暈過去。

「別怕、別怕！」那幾下輕拍之後，緊接著是突如其來的安慰聲，寶裕愣了愣，立時認出那是昨晚那三手小猴子的說話聲音。

「嗚……是你嗎？賊仔？」寶裕發著抖問，仍然不敢揭開薄被。

「是我呀。」賊仔蹲在寶裕身邊，雙眼還望著門外，只微微見到房門外漆黑一片，而房中床上、寶裕身邊，則瀰漫著一團淡淡的紫氣，那是狐兒的紫霧迷術，能隱藏住任何氣息，包括妖氣、靈氣和人味。

「發生什麼事了，他們是誰啊？怎麼好像要吃你一樣？」賊仔拍著寶裕的背，這麼問著。

「嗚嗚……」寶裕這才發著抖，揭開被子，一見賊仔，立刻哭了出來，沒頭沒腦地說：「我不知道……爸爸媽媽他們……他們……好奇怪，變得好奇怪……」

「是你父母啊！」賊仔愣了愣，氣呼呼地說：「一定又是那個什麼壞順德的怪法術了，這股味兒我一聞就知道了。這惡神實在可惡，竟連凡人都敢欺負了，天上的大神仙們都他媽的瞎了眼，竟任這惡神橫行霸道！」

「什麼？」寶裕哪裡聽得懂賊仔這番話，他一面抽噎、一面問著：「賊仔，謝謝你來救我，我爸爸媽媽他們……」

「賊仔哥哥——」狐兒奔入房裡，他仍是那副嬰兒身形狐狸臉的模樣，他搖著尾巴說：「不是屍鬼，只是凡人，像是中了邪術，我把他們迷住了。」

「我看看。」賊仔跳下床，和狐兒一同出房，來到了客廳，只見外頭燈光黯淡，寶裕的爸爸媽媽和姊姊橫七豎八地躺在地上，沉沉睡著。

賊仔到了他們身邊嗅了嗅，又摸了摸他們的額頭，說：「不知道是什麼邪術，但你說這味兒像不像那順德神的把戲？」

狐兒點點頭說：「我肯定就是那順德神搞的鬼，這味兒和那些屍鬼身上的味兒一模一樣！順德神不但用邪術控制屍鬼，連凡人也不放過啦。他膽子眞的太大，難道不怕上頭神仙懲罰？」

「若神仙管事，咱們也不會被欺負成這樣啦，你忘了今兒個咱們才差點給一個神仙斬了，哼，神仙！」賊仔氣呼呼地說，接著轉頭望著縮在門邊偷看外頭的寶裕。「小孩，你有親戚嗎？我看你得離家躲一陣子了……」

「離家……」寶裕呆了呆，問：「爲什麼……我要離家？爸爸媽媽他們怎麼了？」

「你爸爸……」賊仔搔著腦袋，想了半晌像是不知道該怎麼回答。

「賊仔哥哥，是屍鬼！」廚房突然傳出了爆爆的尖叫，只見爆爆嘴裡塞得滿滿都是食物，前足還捧著水果，像人似地站著，蹣跚地跑到了客廳。

跟著，爆爆後頭一聲低沉鬼吼，一個全身散發惡臭的大鬼壁虎似地自廚房爬出，攀在牆上，跟著一躍下地，見到了賊仔和狐兒，二話不說就撲了上來。

狐兒高高躍起，尾巴一拂，伴隨著淡淡的紫霧，掃打在那屍鬼的雙眼上，同時賊仔則是緊抓住那屍鬼一隻腳踝，將那屍鬼絆倒在地。

「小孩，還不過來，這些鬼馬上就要殺過來啦！」賊仔喊著寶裕，跟著又罵爆爆：「你還吃，還不把東西放下！屍鬼要大軍壓境啦！」

「等我找個袋子裝嘛！」爆爆這麼說，跟著轉身又奔進廚房。

「為……為什麼要逃？這些是什麼？我逃走了，我爸爸媽媽怎麼辦？」寶裕哭著問。

「賊仔哥哥，沒工夫多解釋了！」狐兒這麼說，跟著一閃身來到了寶裕身邊，一搖尾巴，便將寶裕迷昏了。

狐兒拖著呼呼大睡的寶裕，本要往廚房方向走，只見爆爆提著兩袋食物和水果，又奔了出來，喊著：「屍鬼！好多屍鬼在後面陽台！」

「去廁所，廁所有對外窗戶，我剛剛探過了。」狐兒這麼說，拖著寶裕往廁所奔，賊仔則踢著爆爆屁股，將他也趕入了廁所。

賊仔將廁所門關上前，隱約見到了廚房和前陽台，都爬入了幾隻屍鬼。

「賊仔哥哥，想辦法出去，我擋著門！」狐兒將寶裕交給賊仔，自個兒一個翻身，尾巴亂掃，掃出了陣陣紫光，紫光打在牆上、門上，形成了一道微弱的臨時結界。

只聽見外頭傳出了陣陣的吼叫聲、搥門聲，那些屍鬼卻撞不開門。

賊仔跳上牆、揭開窗，探頭出窗，這兒是頂樓，窗外上方便是樓頂，賊仔躍上窗，屁股一翹甩動尾巴，尾巴伸長，勾著了牆沿，跟著向廁所裡的爆爆喊：「把小孩給我！」

「賊仔哥哥，要小孩幹嘛？咱們自個兒逃不就行了？」爆爆怪叫著。

「你再囉唆，我只救小孩不救你！」賊仔氣急敗壞地罵。

「嗚……」爆爆聽賊仔發怒，心不甘情不願地抓起寶裕，高高站起，交給窗外的賊仔。「嗚……嗚嗚……我肚子好痛，傷口快要裂開來了……嗚嗚……」

「你少來！」賊仔頭下腳上地倒吊著，反手托著寶裕雙肩，跟著尾巴一使力，身子翻捲上了頂樓，將寶裕擺在牆邊，然後又盪下，將兩袋食物也扔上頂樓。

「哇，撐不住啦，你們快點！」

狐兒死命撐著門，那門上的紫氣逐漸散去，門縫滲入一陣一陣惡臭黑氣。

「一起過來！」賊仔喊著，先是抓住了爆爆胳臂，跟著又抓住了躍來的狐兒手腕，吼叫一聲，奮力將他們拖出窗外，三個精怪在空中一個大迴旋，全盪上了頂樓，爆爆摔得滾了兩圈，站起第一件事便是勤勞地將散落一地的兩大袋水果蒐集全了，動作這才又緩慢下來，摀著肚子喊疼。

「快走啦！你當屍鬼笨蛋啊！」

賊仔揹著寶裕，踢著爆爆屁股，再和狐兒一左一右地攙扶著爆爆，奔到了隔鄰公寓樓頂，從那兒的水塔出入口下樓，在狐兒不時以紫霧掩護下，賊仔等這才漸漸甩脫了屍鬼的追逐。三個精怪帶著寶裕四處躲藏，在天快亮的時候，回到了他們的藏身處——那擺著大冰箱的防火巷子裡。

爆爆搶在前頭，就要躲進冰箱裡，被賊仔一把揪住後頸，將他甩開，再將沉沉睡著的寶裕擺進了冰箱裡。

爆爆見賊仔將他平時躺著的地方讓寶裕躺了，不禁皺著眉抱怨著：「賊仔哥哥，你爲什麼讓這小孩睡我的位置？那是我的位置呀，而且，你帶著這凡人小孩有什麼用處？他不會飛也不會法術，碰上了屍鬼是個累贅呀！」

「你這貪吃山豬，你本來提著兩袋食物，怎麼現在只剩一袋了？」狐兒插嘴問。

「路上掉了。」爆爆若無其事地回答。

「明明是你吃了，一路上你一邊吃一邊逃，你當我瞎子呀！」狐兒氣罵。

「你既然見著是我吃的，那還問什麼，無聊！」爆爆哼哼地說，又要伸手進袋子裡拿東西吃。

「哼。」賊仔一把搶下爆爆手中那袋子，自個兒拿了根香蕉，跟著將袋子拋給狐兒，對著爆爆說：「這些水果都是那小孩的，你不幫他，又想吃人家水果？你自個兒也不會飛不會法術，我還不是將你從山上救了下來，小孩累贅，你就不累贅？小孩還大方請咱們吃東西，你呢？」

「哼……哼……大家都欺負我，我肚子上的傷口快要裂開啦，腸子都要流出來啦，好疼啊……」

爆爆被賊仔罵了一頓，也無法辯駁，便哭喪著臉坐在冰箱外頭，嗚嗚哭了起來。此時是大白天，屍鬼不會出現，凡人也聽不見爆爆的哭聲，賊仔和狐兒便也任由他哭。

爆爆哭了半晌，見沒人理他，沒啥意思，也不哭了，自個兒躺在冰箱外頭，望著天空。

一直過了中午，寶裕終於醒了，在三個精怪七嘴八舌地遊說解說、半哄半騙之下，總算大約明白自己的爸爸媽媽被一些妖魔鬼怪纏上了，那些妖魔鬼怪專吃小孩，且背後有個叫作「順德神」的靠山。可想而知，短期之內，可是無法回家了。

「那些小神官官相護，根本不理會我的告狀，太可惡了，我一定要報仇，讓那順德神知道我們精怪的厲害！」賊仔握緊了拳頭，恨恨地說。

「賊仔……那我們現在該怎麼辦？要躲到哪裡？那些鬼怪會不會找到我們？還有……我的肚子好餓喔……」

寶裕哭喪著臉問，他昨夜嚇得尿了一褲子，現在一身惡臭，三個落魄精怪倒不嫌棄寶裕身上髒臭，但寶裕自個兒卻難受得很，他長這麼大，可從沒穿著尿濕了的褲子這麼久，加上昨天晚上沒吃什麼東西，一直睡到了今天黃昏，也實在餓得受不了了。

「小孩，你會買東西嗎？」狐兒想了想，從冰箱深處摸出了一只塑膠袋，裡頭裝著一些硬幣，都是這些天三個精怪四處流浪時隨地撿的。

寶裕接過那袋子，數了數裡面的錢，大都是一元銅板，一共也不過幾十塊錢，他說：「不夠我們四個吃飯……」

「這不是問題……」賊仔伸了個懶腰說：「狐兒能化成人身，這些貨幣是他蒐集好玩的，這些天我們想吃點水果，都直接偷，也懶得變身去買，但你是凡人，你會用的話，我幫你偷點錢來用。」

「啊……」寶裕愣了愣，搖搖頭說：「這樣……不就變成小偷了……」

「我就叫賊仔，賊仔跟小偷還不是一樣。」賊仔這麼說，跟著又說：「你們凡人有凡人的規矩，我們可是精怪，你如果不屑咱們精怪的規矩，那你自個兒回家吧，如果你不怕順德神那些屍鬼的話。」

「……」寶裕低下頭，心中掙扎。「我怕那些鬼，我也想要救爸爸媽媽和姊姊……」

「那就照我的話去做。」賊仔扠著腰說：「我去替你弄點錢，你去買些衣服跟糧食，我們再在這兒躲個兩、三天，等爆爆的傷全好了，我們就上山，去找其他精怪幫忙，至少要把順德這惡神的惡形惡狀，讓更多精怪知道，也好有個防備。」賊仔邊說，邊將寶裕趕回冰箱裡，見寶裕神情茫然，便對他說：「小孩，你放心，我專偷壞人的錢，不會欺負好人，你別害怕自己會變成壞人，真要說壞，那些惡神仙最壞！」

跟著賊仔把爆爆也趕進了冰箱，對他們說：「你們躲在這兒，不要隨便出來，我和狐兒偷著了食物跟錢，就回來找你們。」

「啊！這次狐兒也跟你去？」爆爆有些害怕。

「是啊，我這次要去偷壞神仙的香油錢，你不怕下壇將軍的話，你跟我去好了。」賊仔嘿嘿笑著。

「我……我留在這裡照顧小孩，你們去吧。」

爆爆一聽賊仔提起虎爺，便縮回了冰箱。

狐兒搖了搖尾巴，對著冰箱放出了一陣紫霧，然後跟在賊仔身後，走出了這狹長防火巷。

□

「賊仔哥哥，你眞的要帶那小孩一起躲藏？」狐兒跟在賊仔身後，這麼問，見賊仔轉頭看他，便補充說：「我可不是見死不救，但是咱們三個精怪要逃要躲，行動上方便許多，帶了個凡人小孩在身邊，終究有些不便。若是擔心他的安危，便把他迷倒了，放在凡人的醫院、警察局，也是一樣安全。」

「這也沒錯。」賊仔點點頭，又說：「但神仙們偏心凡人，瞧不起咱們精怪，我們若是要找大神仙告那順德神的狀，口說無憑，現在那小孩就是最好的眞憑實據。況且一路上若是撞上了屍鬼，我們帶著小孩躲進廟裡，那些神仙不救我們，但總不會對凡人小孩見死不救吧，最好讓下壇將軍和那些屍鬼打成一片，自相殘殺，嘿嘿。」

「原來如此，這倒也不錯。」狐兒點點頭說：「咱們護著他，他便提供些凡人的好處，也算是互利互惠了。」

他們走了半晌，狐兒又問：「那現在我們當眞要去偷香油錢嗎？」

「我們再探探其他廟，總不會每間廟裡的神仙都和那順德神要好吧，總會有兩、三個死對頭，逮著機會便告那順德神一狀，再來，凡人廟宇蓋得到處都是，裡頭大都沒有神仙，卻還是照收香油錢，那麼就是騙子啦，咱們去偷那些凡人騙子的香油錢，也算是天公地道啦！」賊仔這麼說，他比狐兒大了許多歲，見識自然也豐富許多。

□

這是間位於半山腰上的小廟，廟裡擺設陳舊古樸，幾尊小神像脖子上倒是掛著幾枚嶄新的金牌，供桌上也擺著新鮮蔬果和烤雞燒鴨。一個滿臉通紅的酒醉男人搖搖晃晃地拿著掃把，一面掃著地，一面對著那神像嘰哩咕嚕地說話：「我！言出必行！謝謝神明保佑……保佑我發大財！」

那男人胡亂將小廟裡堆積的瓶罐垃圾掃進了垃圾袋裡，又拿著抹布擦拭著一些桌椅上那厚重的灰塵，不時還轉身拎起廟門邊的酒瓶，咕嚕灌著高級威士忌。他喝了幾口，像是想到了什麼，笑嘻嘻地轉身，來到供桌旁，將供桌上三只小酒杯中的清水隨手倒空，再斟入好酒，擺回桌上。

「來！神明，我敬你！」男人哈哈大笑，舉著酒瓶向供桌上的神像一敬，又大大喝了一口，跟著又東忙西忙地胡亂打掃一番，這才滿意地提著幾袋清出的垃圾離去。

那男人走出小廟，便隨手將幾袋垃圾拋在路邊，搖搖晃晃地下山，還哼著歌。

賊仔和狐兒伏在小廟窗邊看了許久，直到男人離去，這才興高采烈地繞到廟門邊，互相擊掌慶賀。「我們運氣眞好，是個醉鬼，賭贏了錢，來還願了！」

「哇！好豐盛呀——」他倆進了廟門，先是望著那一桌烤雞燒鴨直吞口水，跟著又四處聞嗅，想確認這小廟有神無神。

「是間空廟，嘿嘿！」賊仔歡呼一聲，一躍上了供桌，扯下一隻雞翅就啃了起來。

狐兒倒不忘此行目的，攀上了香油錢的箱子往縫裡望，跟著自尾巴上拔下了幾根毛，捏在手上晃了晃，紫氣陡生，尾巴毛越變越長，像是生了眼睛般，游蛇似地伸入香油錢箱子裡，迅速纏住了那賭客剛剛賞進去的幾張千元大鈔。狐兒吹了聲口哨，那尾巴毛便往回捲，且靈巧地避開了箱中的防盜構造，輕輕鬆鬆便將幾張千元鈔票捲出箱外。

另一頭，賊仔嘴裡咬著雞翅，三隻手早將供桌上的蔬果雞鴨和包裝零食裝進了三只袋裡，剛好一手一袋。他見狐兒抓著鈔票翻了個筋斗躍來，還伸出手要和他擊掌，但他手裡提著袋子，便抬起一腳和狐兒拍了拍掌。

「哈哈！」他倆興高采烈地要走，但突然見到廟外黑風捲動，一陣沙塵轟入廟裡，將賊仔和狐兒捲上了半空，又重重摔落在地，賊仔手上三只袋子裡的蔬果雞鴨全撒了一地。

跟著廟門轟地關上，同時一陣暴吼自遠而近地響起：「哪來的山精膽大包天，竊我財寶！」

「啊——原來這廟有神吶！」賊仔和狐兒可嚇得魂飛魄散，四顧張望。小廟上的窗外有張金臉，那金臉上兩隻眼睛殷紅一片，還有三道恐怖大疤，猶自淌著黑血。

「可恨吶——」那金臉神雙手按著窗，猙獰地朝賊仔和狐兒吼叫。

「神……神仙大人……請原諒我們，我們有苦衷的！」賊仔和狐兒一時之間不知所措，他倆剛才可是在遠處觀望了許久，慢慢趨前，再三確認這廟無神，這才大著膽子進來偷雞偷錢，可壓根沒想到這小廟主神竟還會在外頭埋伏。

「吼——」一聲低沉的虎吼自桌下響起。

「哇！原來還有下壇將軍埋伏在廟裡！」賊仔和狐兒更是讓這聲虎吼嚇得齒顫膽裂，都想這金臉神必定也和那順德神要好，早已得到了昨日那灰袍老仙的知會，布下陷阱要來逮這企圖告狀還偷東西的山精。

「我們完了……」賊仔和狐兒退到了牆邊，緊緊靠著，以爲這下插翅也難飛了，但見那自桌下爬出的虎爺，體型碩大，卻竟是遍體鱗傷，且一隻眼睛沒了，只剩下紅殷殷的窟窿。

「啊？」賊仔和狐兒駭然大驚，只見那窗外的金臉神一見虎爺出壇，立刻後退了幾步，遠遠地朝著廟裡叫罵：「你這叛賊！惡虎！我看必定是你勾結山精來我廟裡作亂，我必要稟告天上，調動天兵天將斬了你，扒你的皮、拔你的牙、斷你四肢、斬你尾巴、砍你腦袋、挖你的眼、割你的舌、掏你的心——」

重傷虎爺不等那金臉神罵完，虎吼一聲，撞開了門，去追咬那金臉神。

「呃？」賊仔和狐兒相視一眼，也沒敢撿散落一地的蔬果雞鴨，而是趕緊逃出廟門，拔腿狂奔。

「小……賊仔哥哥，你看！」狐兒一面奔跑，還嚷著賊仔回頭。

賊仔回頭一看，只見到身後小廟那兒，虎爺和金臉神廝打得極其凶狠慘烈，原來那金臉神負傷可也不輕，一身金甲破破爛爛，一腳還是跛著，手上拿著一柄斷刀亂砍；那負傷虎爺攻勢也凶狠，不顧性命地橫衝直撞，像是要和金臉神同歸於盡一般。

「……」

賊仔和狐兒不敢再逗留，此時天色逐漸暗去，他們得趕緊返回藏身地躲藏，免得遇上屍鬼。

「賊仔哥哥……剛剛那是怎麼回事？」狐兒一面跟在賊仔身旁，忍不住問：「爲什麼下壇將軍會和神仙打架，還打得那麼凶殘？」

「這……這我也不知道……」賊仔搖搖頭，心中隱隱不安，只覺得整件事情恐怕不只是出現了一個蠻橫霸道的順德神那麼簡單，他邊跑邊問著狐兒：「狐兒……你以前對神仙印象如何？」

「神仙？」狐兒想不到賊仔這麼問，想了好半晌，這才說：「我不知道，我爸媽很少和我講神仙的故事……」

「嗯……」賊仔點點頭，知道狐兒年紀還小，只是個孩子，而他自己以往對神仙的印象，雖然說不上崇敬景仰，卻也一直認定神仙是這塵世間的主宰者，是大公無私的，在品格上、在道德上，都是高於凡人和精怪的。「這幾天……我們碰上的神仙，怎麼都像是惡鬼一樣？到底出了什麼事？」

□

賊仔和狐兒返回了狹長防火巷裡，還沒拐進擺放大冰箱的轉角，便聽見爆爆興奮叫喊的聲音。

「有東西吃了嗎？偷著了什麼？」爆爆高興地推開瓦楞紙板，奔了過來，一見賊仔和狐兒兩手空空，失望地倒坐在地，嚷嚷喊著：「我肚子好餓……傷口好疼，我快死啦……」

賊仔走到爆爆身旁，踢了他屁股一腳，說：「如果你不怕天黑了會有屍鬼摸來，那我就再跑一趟，去偷點凡人食物。」

爆爆坐了起來，似乎有些猶豫，說：「我怕屍鬼……可是肚子又餓……咦？」爆爆說到這裡，跳了起來，抖動著鼻子聞嗅賊仔的手，嚷嚷地說：「有燒雞的味道，賊仔哥哥，你偷吃燒雞呀！怎麼沒帶回來給我，你們好過分呀！」

「唉……」賊仔攤了攤手，走到了冰箱外一處角落，坐了下來，說：「是呀，我吃了好大一隻燒雞，雞皮燒燙燙的，又香又油，那肉呀，好嫩好嫩！還有隻燒鴨，皮可脆的，咬在嘴裡，喀吱喀吱響個不停，因爲實在太好吃了，所以我跟狐兒一不小心就吃了個精光，眞是對不起啊！」

「哇——」爆爆哇的一聲哭了出來，倒在地上胡亂打滾，手腳亂踢亂打。

「爆爆……賊仔哥哥騙你的啦，我們去了一間廟，本來撞上了個還願的賭客，偷了一堆雞鴨供品，誰知道撞上了回來的神仙，將那些供品全打壞了，咱們差點沒命，能跑回來，已經是命大啦……」

「哇！我不管啦，我好餓啊，肚子上的傷口又惡化了，我快要死了，咳咳咳，嘔，嘔——」爆爆哭著，摀著肚子不停咳嗽，還乾嘔起來。

「爆爆……」寶裕探出頭來，望了望爆爆，又看看賊仔，問：「爆爆怎麼了，他沒事吧？」

「他生病囉，得挨我一頓揍才會好。」賊仔沒好氣地答。

「對了。」狐兒掏了掏口袋，掏出幾張鈔票，那是他剛才從小廟偷到的香油錢，他將鈔票拿給寶裕，說：「這些夠買東西吃嗎？」

「哇！」寶裕接過鈔票，呆了呆，一面數一面說：「一、二、三、四、五、六、七……七千塊耶，可以吃大餐了！」

「吃什麼大餐啊？」爆爆不再咳嗽乾嘔，拍了拍身上沙塵，跑來蹲在賊仔和狐兒身旁，望著寶裕。

「嗯……我想想，七千塊應該可以買很多很多炸雞跟漢堡，應該也可以吃牛排，不過……大家看不見你們，我的衣服又那麼髒，牛排店可能不會讓我進去……」

「走吧走吧，我們吃大餐去。」爆爆牽著寶裕的手站了起來，轉身就往外頭走，還一面問：「炸雞是油炸的雞嗎？是什麼味道呀？」

「是……外面有一層皮，黃黃的、脆脆的，很香很好吃，還有漢堡，是兩塊麵包夾著一些肉跟生菜，還有一片蕃茄。」

「哇塞，我最愛蕃茄了！」

「……」賊仔搖搖頭，招來了狐兒，跟上爆爆和寶裕，還回頭看了看那大冰箱，說：「這地方也待夠久了，就怕讓屍鬼發現，出去晃晃，多找幾個藏身地也好。」

「二十塊炸雞？」速食店的店員小姐，有些驚訝地望著眼前這個只略比櫃台高一些的寶裕。

「對，另外還要五個漢堡、四杯可樂、五份薯條……還有……」寶裕踮著腳，看著菜單，他已換上了新買的衣褲，三隻精怪就在他身邊吱吱喳喳地點餐。

十來分鐘後，寶裕接過店員小姐遞下來的兩大袋速食，吃力地離開了速食店。

由於寶裕一人提著速食倒也有些醒目，因此他們不走大路，而是在小巷子裡遊蕩，一面走、一面吃，順便探探每條路上的小分岔、防火巷子，想多找幾個乾淨的藏身處，以求在被屍鬼發現時，能夠有安全的地方可以躲。

三隻精怪都是第一次吃到漢堡、炸雞等速食，可吃得滿嘴油膩，好不痛快。餓了一天半的寶裕，自然也不落三隻精怪之後，猛嚼炸雞，大咬漢堡，但他終究是個小孩，吃下一塊炸雞、一個漢堡和一包薯條，又喝了大半杯可樂，肚子便撐得難受了。

當然，大夥兒吃不下的食物也沒剩下，全讓爆爆一掃而空，他一口便能吃下半個漢堡。

「嘩！好香喔，什麼味道呀？」爆爆突然嚷了起來，指著一條巷子。

「是臭豆腐的味道。」寶裕這麼說，大夥兒朝那巷子望去，在一處街燈下，那是月娥的臭豆腐三輪車，由於生意冷清，阿關正倚著牆壁發愣。

「什麼是臭豆腐啊？」爆爆好奇地問，拉著寶裕就要往那兒走去。

「就是……我也不知道，就是比較臭的豆腐，是用炸的……」寶裕隨口解釋，和爆爆來到了臭豆腐攤前，向月娥買了四份臭豆腐。

「小弟弟，幫家人買臭豆腐啊？」月娥笑著將四份臭豆腐放入鍋中油炸，一旁的阿關則懶洋洋地準備著塑膠袋和筷子，像是心事重重。

「嗯……」寶裕一時間也不知該如何回答，便隨便點了點頭。

「小弟弟很乖呀，多送你一些泡菜，好吃的話下次再來買。」

月娥笑呵呵地將一塊塊油炸臭豆腐切成四小塊，再放入一旁的塑膠袋裡，阿關則拎著袋子淋入蒜味醬油，還挾了比平常多了三倍的泡菜，這是因爲今天的生意實在太差了，泡菜剩下太多，便乾脆多挾些給寶裕，就盼這小孩帶回家裡，家人吃得開心滿足，下次便再來捧場。

阿關還不忘問寶裕：「要不要加辣？」

爆爆在寶裕耳朵旁嚷嚷：「要辣，我最愛吃辣，我要好辣好辣好辣……」

「呃……」寶裕只好說：「要……有一袋要辣一點……啊……不是一點，是很辣很辣……」

「對，對，是很辣很辣很辣很辣很辣！」爆爆興奮地亂跳。

「還要更辣？」

阿關呆了呆，他已在其中一袋裡加了三匙辣椒醬，但寶裕仍然不停說要「更辣、更辣」，他便只好又加了好幾匙，直到寶裕點頭爲止，忙了半晌，阿關這才將四袋臭豆腐遞給寶裕，收錢找零，其中一袋遠遠看去，幾乎通紅一片。

寶裕提著四袋鼓脹脹的臭豆腐，來到了轉角處，和爆爆、賊仔、狐兒一人一袋，賊仔和狐兒也是第一次吃這臭豆腐，吃得津津有味，但爆爆才吃了一口，便又哭了。

「太辣了！嗚嗚——」爆爆一面哭，一面將手上那袋紅通通的臭豆腐，遞向寶裕。

「跟你換好不好……」

賊仔看不過去，捏著爆爆耳朵，氣呼呼地警告著他：「你再囉哩囉唆，我會狠狠揍你一頓，然後把一整袋辣臭豆腐，全塞進你的嘴巴裡……嘿，你閉嘴巴沒用，我會從你鼻子塞。」

「嘔嗚……我的傷口好痛，我好難受，好辣喔……我可能快要死掉了……」爆爆倒在地上，摀著肚子上的傷口，一面乾嘔，一面流淚，還不停咳嗽。「嗚嗚，我想吃不辣的臭豆腐……」

「我的給你吃好了……我本來就很飽了……」寶裕將自己的臭豆腐遞向爆爆。

「喔。」爆爆便不哭了，坐了起來，接過臭豆腐，吃了一塊，點點頭說：「好吃。」

「要不要看看那裡？」

狐兒指著巷子裡一處深長窄巷，大夥兒魚貫走入，裡頭便和一般的防火窄巷差不多，但窄巷末端的鐵皮壁面底下有個空洞口，大小剛好能讓小孩子或是野狗進出。狐兒探入那狗洞，裡頭是個不到一坪大的老舊雜物庫，堆著一些空紙箱和幾堆雜物，雜物庫另一端有個小鐵門，小鐵門外通往另一條巷子，這類雜物庫多半是附近住戶私自佔據防火巷加蓋而出的儲物空間，但往往又隨著搬遷而棄置。

「嘿，這地方倒不錯，兩邊都有出路，不怕被截斷退路。」賊仔對這小雜物庫倒挺滿意，四處打量一番，又檢視了小鐵門和那狗洞。

寶裕縮著身子，爬入這雜物庫，倒有些狼狽，賊仔便將那鐵皮洞口扯得更開，讓寶裕也能方便進出。他們在裡頭看了半晌，吃完了臭豆腐，便又循原路鑽出，想去便利商店買些凡人用品和零食飲水，方便寶裕在這雜物庫裡長時間躲藏。

才走出窄巷，便聽見一聲淒厲的尖叫——

他們遠遠見到，三個青少年圍住了那臭豆腐攤子，叫囂著、亂砸著。阿關倒在地上，不停地被踢著、打著，月娥哭著跪地求饒，但那群青少年像是瘋了一樣，遠遠看去，不像是人，更像是一群瘋狗。

一直到有個把風的小子嚷嚷著警察來了，四個青少年這才騎上機車，轟隆隆地朝寶裕這方向駛來。

「死囝仔看啥小？」

一個坐在後座的青少年眼尖，瞧見了轉角處的寶裕，便將手中尚未吃完的臭豆腐往寶裕身上一擲，將寶裕那身新買來的上衣又給砸了一身醬油辣椒。

「好可惡！」賊仔見了，氣得飛奔追去，狐兒也趕緊拉著寶裕追去，同時尾巴一搖，搧出紫霧，托起了寶裕的腳，幫他奔跑得更快，爆爆追在後頭，連連喘氣，但他終究是精怪，奮力奔跑起來，倒也不算太慢。

「幹！那個小孩在追我們車子！」其中一輛駕著機車的青少年，看著後照鏡裡那被狐兒拉著飛奔的寶裕，不禁大感詫異，坐在後座那長毛雜碎，還揉著下巴，他讓阿關打了幾拳，臉上疼痛，聽見同伴這麼說，便回頭去看，只見寶裕腳步虛浮，似飛似跑地追在兩輛機車後頭。

「他幹嘛啊？」

「我拿臭豆腐丟他，他生氣啦，哈哈哈！」另一輛機車後座上的青少年尖聲笑著，還轉頭作勢要揍寶裕。

兩輛機車轉入了一條暗巷，見寶裕也追了進來，兩輛機車緩緩停下，四個青少年紛紛下車，都莫名其妙地望著寶裕。

「幹你這小鬼追著車子跑幹嘛？你是狗啊？」其中一個青少年尖笑著問。

「我覺得不太對勁，這小鬼未免跑太快了吧。」另一個少年倒有些害怕。

「幹，是你車子騎太慢吧。」又一個青少年嘿嘿笑著，但他還沒笑完，臉上便挨了辣辣的一巴掌，這平空而來的巴掌，可嚇得他笑不出來了。

「剛……剛剛是什麼聲音？」另外三個青少年自然也聽見那突如其來的清脆巴掌聲，才剛感覺到有些害怕，便一個個臉上也挨了巴掌，隨後倒地不起——是狐兒將他們迷倒了。

「真是莫名其妙！」賊仔在四個青少年身邊繞圈子，氣呼呼地罵：「真是怪了，不是碰到惡神仙，就是碰到惡凡人！」

爆爆倒是挺興奮，也跑了上來，踢著那昏睡的青少年的屁股，跟著朝著寶裕嚷嚷：「寶裕，他們欺負你，還亂打人，你說，要怎麼處罰他們？」

「嗯……」寶裕低頭望了望那給淋了醬油和辣椒的上衣，也十分生氣，再加上連日不愉快的怪異遭遇，早悶得很了，此時便說：「這些壞人弄髒我的衣服，就……就把他們的衣服丟掉，讓他們光屁股！」

「有道理！」爆爆一聽，笑呵呵地就撲了上去，揪著一個青少年的上衣，啪的一聲撕了開來。三隻精怪這些日子在順德神的壓迫下，受了滿腹委屈，此時可將這四個胡亂欺負人的惡少當成了出氣桶，一下子便將他們給扒了個精光。

「那接下來呢？」爆爆揪著一個惡少的耳朵使勁搖晃，像是還不過癮。

「這些壞人剛剛還砸臭豆腐阿姨的三輪車，把他們機車弄壞好了。」寶裕指著那兩輛醜陋的改裝機車，率先拿了塊石頭，砸破一片後照鏡。

三精怪也各自動手，砸爛了車燈和車殼、扯下椅墊、抓破輪胎、扳斷後照鏡和煞車，還將排氣管也給拆了，直到兩台機車被分解得肯定不能騎也修不好，這才感到替自己和阿關母子出了口惡氣。

「啊，我們要不要回去看看賣臭豆腐的阿姨？那個大哥好像被打死了耶！」寶裕突然想起方才那倒在地上一動也不動的阿關。

「那婦人心腸好，無緣無故惹著了個惡煞，真倒楣……」狐兒嘆了口氣。

「哼，就像我們住在山上，也會惹來個蠻橫的順德神來濫殺。」賊仔將四個惡少的皮夾都撿了，將裡頭的鈔票全部取出，將證件連同皮夾全撕了個粉碎，還將那些惡少的破碎衣服連同破爛皮夾全扔進水溝裡，向寶裕等招了招手：「走吧，回去看看那婦人，這些錢就當是幾個惡人賠那婦人兒子的醫藥費！」

賊仔以往最好打抱不平，也是因爲這好管閒事的個性，才會在躲避順德神手下屍鬼攻山時，順便救了負傷的爆爆和狐兒，像個老大哥一樣地護著他們，帶著他們一起躲藏。

就這樣，三個精怪拉著寶裕，又回到了阿關挨揍的事發現場，此時路邊已經來了警察，拉起了封鎖線，月娥跪在阿關身旁嚎啕大哭，一個警員正問著事發經過，附近還有幾個圍觀路人。只見其中一個傢伙個頭極矮，只有小孩身型，但身材卻是圓圓滾滾，留著一嘴白鬍，一頭白髮還綁了個沖天炮的辮子，模樣十分古怪。

就在寶裕和三精怪都見到那矮胖的怪老頭時，那怪老頭也見著了三精怪，只見那怪老頭倏地一晃，竟鑽入了地底，三精怪正詫異時，身邊一陣黃光閃爍，那老頭兒在他們面前突地而出。

「哇！」爆爆嚇得躲到了狐兒的身後，怪叫嚷嚷著：「你這老傢伙是誰啊？」狐兒則是緊張地擺好了架勢備戰，尾巴高高翹起，微微揚動紫霧。

賊仔年歲比兩個小精怪大上許多，見識經歷也多了許多，他對這老頭的衣飾裝扮有些熟悉，便試探地問：「你……你是土地神？」

「是呀！我是土地神老土豆！」老土豆一手扠腰，一手舉杖，對眼前這三精怪也是滿腹狐疑，他目光掃過了三隻精怪，厲聲喝問：「是不是你們將這備位太歲打成這樣子的？」

「什……什麼？」賊仔愣了愣，他可沒聽過什麼太歲、什麼備位，他搖搖頭，說：「那少年是被四個惡少給打傷的，我們看不過去，想要追上那四個惡少，替少年討個公道，但他們騎著車子，我們追不上，便又回來探探這少年情形……」

「才不呢！我們把那些壞孩子的衣服……」爆爆聽賊仔一番話越說越不對勁，便插口大叫起來，卻讓一旁的狐兒踩著了腳尖，痛得倒地怪叫。

「那些壞孩子往那兒跑了。」狐兒指著路的另一端說。精怪捉弄凡人可是大禁忌，就連年幼的狐兒和爆爆都知道這項禁忌，因此即便是那些青少年逞凶在先，但和這老土豆畢竟是第一次見面，是敵是友還分不清，加上他們連日偷竊小廟，終究心虛，便有所保留。

「什麼！」老土豆聽賊仔等這麼說，氣得吹起鬍子，連連跺腳，嚷嚷喊著：「好壞的凡人孩子，怎麼這麼粗暴，將備位太歲大人傷成這樣，若是有什麼三長兩短，這教俺怎麼擔待得起啊，凡間要萬劫不復啦！大神仙都要責罰俺啦！」

老土豆在原地罵了半晌，莫可奈何，嘆了口氣，掏出一張符令，施法燃了，向歲星部將通報阿關此時的情形，跟著轉頭又要趕回阿關身邊。

「土地公公！」賊仔喊住了老土豆，急急問著：「請問您……您知不知道這附近有個順德神？」

「順德？」老土豆停住腳步，想了想，點點頭說：「俺知道呀，那順德最近囂張得很吶，這附近的小神小仙，大都歸順他了！一提到他，俺就頭疼。怎麼，你們認識順德？」

「不……」賊仔聽老土豆的語氣，突然眼睛一亮，像是找著了希望，但仍然謹慎地探問：「我……我們本來都是山上的精怪，前些日子被那順德神差遣屍鬼殺上山來，殺了咱們好多親人朋友……現在山上的精怪們大都四處躲藏，我帶著兩個朋友，這些天四處躲避著屍鬼……我……我只想知道我們精怪犯了什麼過錯，要受神仙這樣責罰？」

「唉……你們沒錯。」老土豆嘆了口氣，用手杖敲了敲地，說：「是那順德神邪了。」

「邪了？」賊仔呆了呆，和狐兒互望一眼，都不明白老土豆這話是什麼意思。

「這附近好多山都被順德攻了，他收了一堆惡鬼，不但攻精怪，還攻神仙，俺最近為了這順德，可也忙翻天啦！」老土豆這麼說：「你們若是擔心被那順德神的手下逮著，就往南逃，逃得越遠越好。」

「什麼？」賊仔料想不到老土豆會這麼說，突然感到有些氣憤，上前拉住了老土豆的衣袖，說：「這些天我四處找廟，就想要找著神仙告那順德神的狀，我一連找了幾個神仙，個個都像是凶神惡煞，好幾次差點丟了性命，他們都是順德神的爪牙，好不容易撞見了你這土地神，我以為你也是那順德神的爪牙，這才謹慎試探，但聽你說話，應當不是，既然如此，為什麼不替咱們精怪主持公道，而只叫我逃？我知道你們神仙都偏袒凡人，我告訴你，那順德神不只欺壓精怪，連凡人也不放過，那小孩兒的家人都中了順德神的邪術啦！你們神仙還能坐視不管嗎？」

「俺知道、俺都知道啦！」老土豆撥開賊仔的手，氣憤地說：「你這猴兒精，別說你差點丟了性命，俺若不是會鑽地，早也給斬死幾百次啦，現在天上大亂，別說精怪、凡人，就連神仙自個兒，從那玉皇大帝到俺這土地小神，個個都自身難保啦！」

「什麼！」賊仔這下可驚駭得說不出話來，呆呆轉頭看了看狐兒，狐兒和爆爆也是震驚莫名，他們雖沒聽過什麼七曜五星之類的大神仙，但那玉皇他們是知道的，那就像是父母對他們說的故事裡頭高高在上的大神仙，是所有神仙的頭頭。

「唉，總之咱們和這順德遲早要攤牌，但現在便是人手不足，咱們天界的神仙，都在南部和那西王母糾纏，還要防著天上那隨時可能降世的勾陳，好多神仙都死了，死得好慘，俺好多朋友也死啦，俺也好難過，但也沒辦法，只能走一步算一步，你們還能逃，俺可不行，俺還得冒著生命危險，死守著這地方，守著備位……啊呀，我只顧著說話，都忘了備位太歲大人……」老土豆這麼說，轉頭去看向阿關那兒，此時救護車已經開到，將阿關抬上了車，老土豆趕緊跟去，還不忘轉頭對賊仔說：「你們還是逃吧，那順德的勢力太大，你們一路往南逃，逃出順德的勢力範圍，他就管不著你們了，等大神們剿了這北部三大邪神，你們再回來吧。」

「往南逃……」賊仔呆愣在原地，半晌說不出話，他可沒料到這事情竟嚴重至此，這可遠遠超出了他想像之外。

賊仔一臉茫然，望著狐兒和爆爆，喃喃說著：「我不太懂剛剛土地公公說的話，他的意思是……現在神仙開始自己打自己？我知道王母娘娘，也聽說過勾陳，還有玉皇，那是四御，以前山上的猴老哥跟我說過，他們都是天上的大神仙，現在這些大神仙們，彼此之間變成了敵人？」

「邪了……」狐兒想了想，說：「剛剛土地神說，那順德神『邪了』……」

「邪了？什麼是邪了？」爆爆插嘴問。

「是邪惡的邪嗎？」寶裕也插嘴：「那就是變壞了，好人變成壞人了……原來神仙也會變壞呀……」

「這麼說倒像是真的……」賊仔抓抓頭，望著狐兒說：「咱們碰上的那些神仙，的確一副凶狠樣子，原來他們是『邪了』……」

「是呀……」狐兒回想著今日那金臉神和虎爺的那場惡鬥，還心有餘悸。

賊仔想了想，說：「這下可好，剛剛土地神說什麼北部三大邪神。光是一個順德神便要將咱們趕盡殺絕了，原來還有另外兩個大惡神……看來我們還是照著那土地神說的話，往南逃吧……」

「那……那我呢？」寶裕聽賊仔這麼說，有些著急。「你們不管我啦？我爸爸媽媽跟姊姊怎麼辦？」

「你跟著我們一塊逃好了。」賊仔這麼說：「你剛剛也聽那土地神說啦，現在這太危險了，咱們還是往安全的地方逃，你爸爸媽媽……或許沒事，至少到現在為止，還沒聽說那順德神傷人，咱們往南逃，若是碰到一些志同道合的精怪，多些夥伴，說不定還能回來救你爸爸媽媽……」

寶裕心中茫然，他只有七歲，可完全沒有主意，只知道自己父母生了病，變得又兇又會打人，賊仔個頭雖比他小了許多，但言談行徑像是個大哥哥，賊仔這麼說，他也只能乖乖聽了。「我知道了……你們不要丟下我一個就好了……」

□

「備位太歲大人……都是俺不好，俺應該時時刻刻待在你身邊守著你，希望你逢凶化吉、平平安安，若你有事，俺大概也活不成了，再說太歲爺孤身獨力，早已疲憊不堪了，你得替他老人家想想呀……」

老土豆也跟在救護車裡，縮坐在角落，望著擔架上的阿關喃喃自語，此時阿關早已昏迷，一身衣服都被血染得紅通一片。

「土豆！」

一聲驚喊，將老土豆嚇得彈了起來，四處張望，只見車尾黃光流溢，林珊竄入了救護車裡。

「到底怎麼回事？」林珊隱著身子，一身淡黃裝扮，推開了愁眉苦臉要擠上來報告的老土豆，急急地穿過救護人員，來到阿關身邊。她伏低身子，望著那經過救護人員簡易急救的阿關。

林珊先是探了探阿關的鼻息和脈搏，跟著又伸手按了按阿關的腦袋和胸口，同時聽老土豆嘰嘰喳喳地講述向賊仔打探而來的情報，說是有一些壞孩子找那臭豆腐攤子的麻煩。

林珊皺著眉頭聽完，在阿關受傷最重的腦袋和胸腹上幾處大傷比劃了劃，施放了治傷咒，說：「備位太歲大人自幼身上的重要臟器和腦子都有咒法防護，雖然傷得嚴重，但經過救治，終能痊癒，並不會留下什麼後遺症。不過，可見那幾個凡人孩子下手太重，若是一般人被這樣毒打，大概便活不成了……」

「是啊，那些凡人壞孩子實在可惡，若不是礙著規矩，俺必定要去替備位太歲大人報仇不可。」老土豆氣呼呼地說。

「那也不必了，現在重要的事太多了，你現在停止一切任務，時時刻刻守著備位太歲大人，太歲爺和幾位大神討論過，決定要提早解開備位大人的封印了，這時候可不能出任何差錯。」林珊這麼說。

「什麼？」老土豆愣了愣，問：「可是……備位太歲大人體內的太歲力應當還沒成熟吧，現在給他解開了封印，他也只是個凡人孩子不是嗎？」

「是啊……」林珊苦笑著說：「所以在解封印之前，也會另外用些法術強行催動備位太歲大人身子裡的太歲力，到時候太歲爺解封印的手法，也會重一點，總之能早喚醒一分是一分……現在主營幾路正神兵馬大都士氣低落。我們的敵人，都是自己的舊友同僚，誰都不敢保證到了明天，邪化的那個是不是自己。相反地，已經邪了的神仙倒是無所顧忌，西王母那十殿閻王領著鬼軍凶悍無比，南部幾處正神據點，都陷入苦戰，太歲爺南北奔波，到處支援，早已疲於奔命。若是備位太歲大人早點解開封印，即使只能幫上一點忙，也是好的。」

「唉……這些俺也都知道……」老土豆嘆了口氣，又和林珊交換了些近日內探得的情報，跟著又問：「仙子呀，上頭有沒有說何時來治治那順德神呀？或許和西王母、勾陳比起來，那順德神的力量不算什麼，但他這些日子，太囂張蠻橫啦，好多小神小仙、山中精怪都被他欺壓得受不了了，俺四處奔走，不是被順德神的手下追殺，就是被其他小神或是精怪痛罵，都說神仙不管事了，現在俺可變成過街老鼠啦……」

「主營已經知道那順德的事了，但要治他，可能得再等上一陣子，讓那順德坐大，倒可以制衡千壽公和辰星，三股小勢力，總好過兩股大勢力。順德行事躁進，若是激得辰星行動，任他們三大邪神自相殘殺，我們也省事。」林珊這麼解釋。

「那……倘若他們相安無事呢？」老土豆這麼問。

「那順德便留給備位太歲大人來收拾，太歲爺說拿那道行不高不低的順德神來鍛鍊阿關……備位太歲大人，再好不過。」

林珊淡淡一笑，她是阿關在便利商店的同事，負責阿關白天時的人身安全，因此說話時偶爾會無意喊出阿關的名字。

□

這天深夜，林珊依舊一身淡黃裝扮，靜靜坐在病床旁的椅子，端著白瓷茶杯，望著窗外月光。

身旁的阿關靜靜躺著，身上的外傷幾乎好了，他的復元狀況令醫生詫異不已，但始終昏睡不醒，這是林珊對阿關施展了昏睡術的緣故，一方面是將他留在醫院，以免再遭到危險，另一方面是爲了催逼他體內的太歲力，得早晚另行施術替他調理身體。

林珊望著好半晌月光，跟著喝了一口暖茶，起身放下茶杯，望著阿關睡臉，瞧了半晌，伸出了手，按了按阿關額頭，黃光流溢。

林珊閉起眼睛，再睜開時，她已經進入了阿關的夢裡。

四周漆黑，那是一條無盡的巷道，天上密布著濃雲，空氣中飄盪著悲傷的氣味。

「你又作這個夢。」林珊輕輕嘆了口氣，望著眼前的阿關。

阿關走在林珊前頭數公尺的巷子裡，茫然地往前走。

「若是太歲爺同意，我便替你驅走那些傷心的記憶了……」

林珊望著阿關那副像是失了魂魄的背影，彈了記手指，阿關突然垂下頭，像是在自己的夢裡睡著了一般。

林珊往前走去，隨著她的腳步，四周巷弄移轉、天色漸明、房屋層層倒塌跟著重新堆起，一間便利商店在阿關面前出現，阿關身上的衣服也變成了便利商店的制服。

林珊經過他身邊時，瞅了他一眼，噗嗤一笑，跟著進入便利商店，身上的淡黃裝扮，也搖身變成了便利商店的制服。

林珊又彈了記手指，還站在門外的阿關這才抬起頭，像是大夢初醒，左右看了看，呆呆發愣。

「你在外面幹嘛？」林珊走近店門，店門開啓，她笑著說：「還不快點過來幫忙上架。」

「喔喔！」阿關趕緊進了店裡，只見貨架旁好幾簍新鮮麵包等著上架，他七手八腳地堆著麵包，趁機擻頭偷看了林珊幾眼，只見林珊倚著櫃台，低著頭，不知在想什麼。

「啊？」阿關回頭，卻見到身邊那剛上架的麵包，又有一大半都回到了箱子裡。他百思不得其解，只好又一一將麵包擺上貨架。

林珊斜斜見了阿關那愣然的神情，噗嗤一笑。

阿關聽見林珊的笑聲，便看看她，兩人四目相望，一時間都不知道要說些什麼，阿關抓抓頭，說：「今天怎麼都沒客人，好冷清喔。」

「是啊。」林珊微微一笑，此時店門外艷陽高照，路人不少，但店裡頭卻一個客人也沒有。

阿關手忙腳亂地將麵包上架，正準備將箱子搬走，但只一晃眼，那些麵包又好端端地回到了箱子裡，貨架上則是稀稀落落的舊麵包。

「咦？這……」阿關不禁呆愣在原地。

「怎麼你擺個麵包擺那麼久？」林珊似笑非笑地走到阿關身邊，扠著手問他。

「我明明……」阿關自然是百口莫辯，但也只能又蹲下，再一次將麵包上架。

林珊也蹲了下來，默默地幫忙將麵包取出，遞給阿關，讓他擺上架。

阿關對林珊這樣的舉動感到有些受寵若驚，平時在店裡，林珊若是一有空閒，便拿著手機走到角落講電話。阿關天生不是積極的個性，即使對林珊頗有好感，也只好藏在心底，見她和電話那頭有說有笑，只當她早有對象，更不方便厚著臉皮拉她攀談了。

「今天怎麼有那麼多麵包啊？」

阿關胡亂找話，便想搪塞這有些動心又有些尷尬的沉默時刻。而他這麼說卻也有幾分道理，林珊不停遞給他麵包，他也不停擺上架，但箱子裡的麵包卻像是永無止盡，而貨架上的麵包卻始終堆不滿，這可是一件怪事。

「今天是最後一天，當然讓你辛苦一點囉。」林珊淡淡地說，臉上仍掛著微笑。

「嗯？」阿關愣了愣，問：「最後一天？我不懂……」

「不懂沒關係。」林珊又伸手進箱子裡，突然停下動作，微微低下頭，抿了抿嘴。

「怎麼了？」阿關見林珊神態有異，便關心地問。

「沒事……」林珊站了起來，背對著阿關，像是有千言萬語，卻不知道該如何開口，她嗯了幾聲，卻發覺自己聲音竟有些哽咽，便清咳幾聲，這才說：「你好像來半年了吧。」

「嗯，差不多半年。」阿關點點頭，也站了起來。

「時間過得好快……」林珊輕輕地說：「一轉眼我們就當了半年的同事……」

「是啊……」阿關抓了抓頭，問：「怎麼突然講起這個？」

「也沒有什麼，只是突然想到這半年，我們好像沒有講過太多話……」林珊仍背對著阿關，說：「跟你講一聲，我只做到今天囉，之後會有新同事來接手。」

「啊？」阿關這才有些訝異，問：「妳……妳要辭職啦？妳有跟店長說嗎？做得不愉快嗎？還是……」

「如果可以的話……我也想就這樣子，長長久久……」林珊回過頭來，淡淡一笑：「你不用擔心啦，新同事很優秀的，有她在，任何事情都可以迎刃而解，她才是……你的……」

林珊說到這兒，聲音有些顫抖，眼眶也紅了。

「呃？妳說什麼？」阿關有些手足無措，卻又不知道到底發生了什麼事。

林珊趕緊彈了記手指，令阿關垂頭睡著，她抹了抹眼睛，深深吸了口氣，望了阿關一眼，又要流下眼淚。

「秋草——」

這聲呼喚嚇了林珊一跳，她閉上眼，再睜開，四周回復醫院景象，病床上的阿關仍沉沉睡著，而她的手指也仍按著阿關額頭，窗外幾個逼近的飛影已經穿過了窗子，落入病房中，居中那灰袍老者正是太歲，身後還跟著翩翩、若雨、青蜂兒、飛蜓和福生。

「太歲爺，你們來得正是時候，我已經固了備位大人的夢，可以進去了。」林珊微微笑著說，此時臉上一點也沒顯露出剛才那樣的哀傷神態。

「嗯。」太歲走近阿關身邊，望了阿關一眼，問：「怎麼搞成這樣？」

林珊便將阿關遭到不良少年毆打這事敘述一番，跟著，便又施展了御夢術，要太歲和眾人一齊伸手，按著阿關身子，一同進入了阿關的夢裡。

「太歲爺，這就是我先前和你提過的那個一直困擾著備位大人的夢境。」林珊指著底下那片陰森巷弄，和在巷弄裡茫然走著的阿關。「那是他父親遇害的經過，是不是該替他清除這段記憶？」

太歲等居高臨下，飛在空中，望著底下的阿關在巷子口見到他爸爸和幾個惡棍衝突的經過。

「哼哼……」太歲冷冷地說：「小子就要解開封印、投入這三界大戰，這等生離死別，他不知要碰上幾百回，男子漢大丈夫，難道一點苦也受不了嗎？這些年老夫要你們輪流看著他，只是要保著他一條小命，可不是要你們將他當成寶貝一樣地呵護寵愛了。」

「太歲爺說得是。」林珊點點頭。爲了要讓太歲對阿關說話，她施術固化了阿關的夢境，這便讓本來朦朧虛無的夢境，變得極其真切，阿關所感受到的衝擊哀痛，便也更加強烈了。

底下景色轉動，阿關又來到了便利商店那條街上。

林珊倒有些吃驚，她只是施術固化了阿關的夢，卻沒特意調整夢境的內容，此時只見阿關奔入了便利商店裡，林珊等便也飛身下去，望著店裡的情景。

「哈哈，備位大人夢見他自己跟妳耶！」若雨哈哈笑了起來，指著店裡的兩個阿關，和一個正在角落講電話的林珊。

「妳在跟誰講電話啊？」福生不解地問。

「我是假裝拿著手機，實際上都以符令傳話。」林珊笑著說：「對象不是你們，便是老土豆啦。不過我和翩翩姊，還有若雨姊，倒還是會用手機通話就是了。」

「哈哈！你們看那小子想幹嘛！」飛蜓突然一笑，指著店裡頭的阿關。

大夥兒望去，只見阿關來到了夢中林珊身邊，鬼鬼祟祟地將臉湊在夢中林珊臉旁，一副陶醉神情，還伸手在她臉上摸了摸。

「啊……」林珊這可有些不好意思，知道若再不施法御夢，那阿關便不知道要做出什麼事來了。她急急動了動手指，身形一晃，已經穿入店裡，和阿關那夢境中的林珊合而爲一，跟著立時轉身往收銀台走，不給阿關再有機會伸手過來。

「哈哈！那小子還跟在秋草後頭啊！」飛蜓等見到阿關竟跟了上去，像是還想要有進一步動作，都大笑起來。

「太歲爺……快來和他說話吧。」林珊的聲音傳來，跟著大夥兒見到阿關像是突然良心發現，不再沒規矩，而是呆愣愣地走出了便利商店，坐在門邊看天。

「這傻小子……」太歲搖了搖頭，大步走了過去。

04 兩個怪傢伙

「賊仔哥哥，你有沒有聽過『洞天』啊？」

狐兒望著山下，此時是夕陽時分，金色的日落餘暉，覆蓋住了整個市鎮，天上的雲朵上頭橙紅、底下發紫，像是一幅畫。

「洞天？」賊仔走在山道的最前頭，聽狐兒這麼問他，便說：「你是說那個傳說中的精怪仙境嗎？」

「是啊。」狐兒點點頭。「是我媽媽跟我說的，不過她也是聽別的精怪說的。」

「什麼洞天？什麼是洞天啊？」爆爆和寶裕互望一眼，都好奇問著。

「那是一個只有精怪能去的地方，是一個很美很美的仙境。」狐兒望著夕陽說。

「比人間還美嗎？」寶裕這麼說。

「我沒去過。」賊仔攤攤手說：「人間雖然也有美的地方，醜的地方卻也不少，但是洞天聽說全部都很美。」

「而且啊……」狐兒又補充說：「那兒的果子又香又甜、種類又多，摘了下來，馬上就會長出更大更美的果子，永遠也吃不完。在那個地方，不用打打殺殺、吵吵鬧鬧，不用擔心害怕，更不會有壞神仙欺負我們……」

「哇，吃不完的果子啊——」爆爆聽得悠然神往，不禁流起了口水，呢喃地說：「那如果我趴在果子旁，一口吃下果子，不一會兒又長出新的果子，我連動都不用動，就可以一直吃果子了。」

「是啊，你可以一邊吃一邊睡然後一邊拉呢。」賊仔哼哼地說。

「好棒喔。」爆爆似乎很嚮往這樣的生活。「我想要去洞天，洞天在哪邊啊？」

「我也不知道，應該是在很遠很遠的地方吧。」狐兒這麼說。

「就算很遠，一直走還是會走到啊，反正我們都已經走那麼久了。」爆爆說。

「就跟你說不知道在哪邊啊，你想吃想瘋啦。」賊仔搖搖頭。

「哈哈哈，我想到一個故事！」寶裕哈哈大笑了起來。

賊仔、爆爆、狐兒跟在寶裕身邊，都問他：「你笑什麼？」

「有個故事，是講一個和尚帶著一隻猴子精、一隻豬精跟一隻河童，要到很遠的地方，取一部經書。我們去洞天，就跟去取經一樣遠。」

寶裕滔滔說著，他本就愛玩愛說話，在初逢變故的那幾天，當然是惶恐沉默許多，此時跟三隻精怪相處日久，混得熟了，反而成了一行人之中話最多的一個。

這些天來，寶裕和三隻精怪，漫無目的地往南，他們每到了新的市鎮，便會前往附近的山上，向山中精怪打探些最新情報，有時在市鎮上找著不錯的藏身點，也會多住上幾天。

沿途三隻精怪總會四處找些無神小廟，偷取些香油錢或是果菜供品以應旅途需求，若是錢不夠用了，也會找些流氓地痞惡整一番，取走他們的錢來花用，雖說這行徑已屬犯罪了，但精怪本便不理會凡人律法，加上又聽說神仙也自身難保了，更不將那些山中精怪流傳的規矩戒律放在眼裡。他們專挑些惡人下手，將一個裝傷的假乞丐衣褲都扒了綁在天橋上吊了一夜；將一個白吃白喝還打傷了年邁店家老闆的惡霸塞在餿水桶中，逼他吃下半桶餿水；更將一個持刀逼姦得逞的色魔手腳都給打斷，扔進垃圾子母車裡，是死是活也不理了。

就這樣，他們一路上倒也逍遙自在。寶裕沒參與那些偷錢打人的活兒，只負責帶著精怪四處吃東西，時間一久，年幼的他也漸漸不再擔心，只知道再等上一陣子，等正神剿滅了順德神，便能回家了。

偶爾他們還是會想起那晚被打得不醒人事的阿關，他們可不知道阿關已經甦醒，且被解開了封印，正每日辛勤地練習白焰符火術，到了晚上，阿關還得和野鬼打架，否則便沒飯吃了。

「不對不對！」爆爆聽寶裕講那和尚取經的故事，連連搖手說：「你說一個和尚帶著猴子精、豬精跟河童，可是你又不是和尚，狐兒也不是河童，我們也不是取經，我們是逃難——」

「我只是說有點像啊，又不是說一模一樣！」寶裕哼哼地說，平時他最愛和爆爆抬槓鬼扯。

「你們別再囉哩囉唆了，走快點啊，再不然天黑了，碰上屍鬼可就糟了。」走在最前頭的賊仔忍不住向後喊著，今天一早他們向途中的精怪打探到了這山腰上有間無神小廟，卻時常有人前來上香祭拜，倒是稀奇，便打定了主意要前來搜刮一番，但此時眼見天色漸漸變黑，但卻還沒到那小廟，便出聲催促。

「賊仔哥哥，咱們已經在南部了，這兒又不是順德神的地盤，才不會有屍鬼呢！」爆爆嘿嘿笑著喊。

「你忘了之前那土地神說，現在天下大亂了，好神壞神都分不清了，要是半路上殺出個凶神惡煞，看你還笑不笑得出來。」狐兒白了爆爆一眼。

「才不會呢，你吹牛啊。」爆爆哈哈地笑，還晃著手上的草根，往狐兒身上扔。

「好啊，那你自己慢慢走，我和寶裕都跟著賊仔哥哥。」狐兒說著，忽然便抓著寶裕的手，尾巴一搖，紫霧奔騰，寶裕只感到身子一騰，被狐兒拉得往前飛奔而去。

而前頭的賊仔，早已轉過了一個彎，在四周樹梢上蹦跳觀望，就想趕緊找著打探到的那間小廟。

「哇，等等我啊！」

爆爆見狐兒竟帶著寶裕一溜煙跑好遠，丟下他一個，這才感到有些驚慌。一面卯足了力氣追著，一面四顧張望，只見天色漸漸變暗，遠處的山路都快看不到了，他又喊又叫地追了一陣，卻連狐兒的背影都看不見了，這才哇的一聲嚎啕大哭起來。

「你哭什麼！」賊仔遠遠地聽見了爆爆的哭聲，又從樹上盪了回來，飛身落下，踢了爆爆屁股一腳，拉著他繼續趕路。

賊仔和爆爆轉了個彎道，卻見到狐兒和寶裕伏在一顆大岩石後頭，鬼鬼祟祟地不知在看什麼。

「你們躲在這兒幹嘛？」賊仔躍了上去，只見到山坡斜下方二十來公尺處有塊空地，山壁邊便有一間不大不小的廟，附近還擺著幾只貨櫃。

「原來我們走過頭了，小廟在底下，還好狐兒你機伶，要是咱們繼續往上走，走到天亮也找不著廟……」賊仔哈哈一笑，便要直接從這陡峭山坡衝下去。

「賊仔哥哥，底下有人！」

聽狐兒這麼喊，賊仔愣了愣，仔細一看，這才注意到在那小廟外頭的山路邊停著幾台汽車，聚著兩批人馬，全是凡人，卻不知道在幹嘛。

「會不會是毒品交易啊？」寶裕突然冒出了這麼一句話，他見到那兩路人馬手中都拿著一只皮箱，倒有些像是電影情節裡頭的毒品交易。

「毒品交易？什麼是毒品交易？」爆爆不解地問。

「就是……」寶裕回想著電視上播放的電影情節，說：「有些壞人會賣毒品，毒品吸了會上癮，老師說賣毒品被抓到，會被槍斃掉。」

「死罪啊，那豈不是跟殺人一樣了。」爆爆哇了一聲，大力拍起手來。「好啊，既然是壞人那不用客氣了，我們趕快下去教訓他們，把他們的錢都搶過來，再去吃大餐！」

「嘿，去瞧瞧。」賊仔等雖還不太明白毒品是什麼，但聽寶裕那樣形容，聽得出來販毒可是條重罪，要比一般地痞流氓還要嚴重許多。

賊仔一翻身便翻到了山下，狐兒則揹著寶裕下山，爆爆則是吸了口氣，身體鼓脹發圓，從山坡滾了下去——這是他唯一會的招式，吸足了氣脹得圓圓滾滾，便也不怎麼怕摔怕打，當然碰上了利刃尖刺則是另當別論了。

精怪們和寶裕來到小廟後頭，往那兩方人馬望去。只見到兩邊各派出了一個人，將各自的皮箱放在汽車蓋上，打開了皮箱，讓對方檢視。

「看看是不是一個箱子裡面裝著一包一包白白的東西，另一個箱子裡面裝著很多錢。」寶裕探著頭說，又讓狐兒拉了回去，三隻精怪能夠隱身，但寶裕不行。當然，這一路上在精怪們的保護下，一般凡人可也傷不了寶裕。

寶裕還沒說完，爆爆便笑嘻嘻地衝了過去，他只怕屍鬼和壞神仙，可從沒將凡人放在眼裡。

「眞的有耶！一個箱子裡面一包一包白白的東西，另一個箱子裡都是錢，好多錢喔，我們發大財了，可以吃一輩子了！」爆爆高興地大叫起來，將那裝錢皮箱蓋子一蓋，抱著皮箱就要奔來，可將守著錢箱的小弟嚇得不知所措。

「哪來大膽精怪在這兒搗蛋！」一個聲音陡然暴喝起來。

「呃？」

爆爆本來搶了皮箱就要跑，但突然覺得後頸一緊，自個兒竟被提了起來，回頭一看，竟是帶錢那方的領頭大哥，只見那大哥五十來歲，矮矮瘦瘦，模樣也不怎麼起眼，但一雙眼睛神色卻十分詭異。

「他看得到爆爆？」「怎麼回事？」賊仔和狐兒相視一眼，一下子可亂了陣腳，隱隱覺得那帶頭大哥有些不對勁，卻也感應不出特別的氣息。

「或者他也有陰陽眼。去救爆爆！」賊仔這麼一吆喝，和狐兒左右殺出，往那帶頭大哥衝去。

一個身影攔來，一把將賊仔撲打在地，另一手則抓住了狐兒尾巴。

「哇！」賊仔和狐兒可是嚇傻了，仰頭看去，攔下他們的，卻是毒品那方的帶頭大哥。

那大哥三十多歲，身材消瘦，穿著名牌西裝，他一腳踩著賊仔，一手提著狐兒，尖聲叫著：「喲喝——三個毛頭向誰借膽？敢來搗蛋？」

「你……你……」

狐兒被揪著尾巴，本想要發出紫霧，卻覺得那毒品大哥手勁好大，且一股強橫靈力壓得他透不過氣，知道彼此力量差距甚大，便也不敢輕舉妄動，乖乖地任由這毒品大哥提著。

「老大……你在幹嘛？」

兩邊人馬見到己方大哥這怪異舉動，倒也不知道發生了什麼事，有的猜想是否這生意破局，不禁都警戒起來，望著對方人馬，就怕隨時爆發火拚槍戰。

「沒事、沒事！」

那毒品大哥隨手將狐兒拋在地上，又將賊仔一腳踢遠，拍了拍手，推開小弟，來到了汽車旁那裝著一袋袋白色藥粉的皮箱旁，瞪著那正要來驗毒品的對方小弟。「快啊，還等什麼，快嚐嚐這些毒粉是眞的假的？」

負責驗貨的買方小弟先是一呆，跟著便上前要驗那些毒品。

「等等！」毒品小弟之中一個看來像是二號人物的傢伙上前，先望了望己方大哥，跟著對著買家大哥說：「豹叔，那些錢是不是也該讓我們看看。」

「對，錢也要驗驗！」買方大哥一手還提著那箱鈔票，另一手拎著爆爆。爆爆早感應到那買方大哥手上傳來的強悍法力，嚇得連哭都不敢了，只是吸足了氣，將身子鼓成一個圓，不停哆嗦著。

買方大哥將裝著鈔票的皮箱扔在汽車後箱蓋上，隨手亂招著小弟，說：「去看看錢是真的假的。」

被點名了的買方小弟倒是一臉錯愕。「老大……」

毒品小弟那方的二頭頭也是一愣，嘿嘿笑了兩聲，招了個自己人，說：「應該是讓我們的人看吧。」

買方大哥有些不耐煩，粗暴地說：「誰看還不都一樣，快點去看看裡頭是真錢還是假錢！」

買方人馬負責驗毒品的小弟，拿著一包拆開的毒品，臉色有些古怪，回過頭來，對著己方大哥說：「大仔……這包有點不純……要試其他包嗎？」

「什麼不純！你懂不懂啊！」

「風哥，他們想要花樣！」

毒品小弟們聽那驗貨的買方小弟這麼說，個個叫罵起來，有些已經將手伸進了外套裡，一副要掏槍出來的樣子，且全望著己方的毒品大哥，只等大哥一聲令下，就要動手了。

同時，那買方小弟們可也不是好惹的，見對方要動手，也紛紛將手按著外套或是伸入外套，顯然身上也都帶著傢伙。他們也叫陣起來：「你們想賣黑心貨啊！」「當我們凱子啊！」買方小弟們在叫陣的同時，也都望著自己一方的買家大哥。

只見兩邊人馬劍拔弩張，情勢一觸即發，但怪異的是，買家大哥和毒品大哥卻都沒有動靜，只是不約而同地望著那本來要去驗鈔票的毒品小弟，朝他喊著：「錢到底是不是眞的！」「快驗啊，你發什麼呆？」

「是、是……」那負責驗鈔的小弟，見己方大哥也這麼命令他，只好吞了口口水，拿出手電筒、放大鏡之類的工具，仔細檢查著皮箱中的鈔票，才看了兩疊，便也是抬起頭來，搖了搖頭，對著毒品大哥說：「風哥……印表機印的……」

「什麼意思？」「假錢？」毒品大哥和買家大哥一齊瞪大了眼睛，怒吼出聲。

「風哥，他們果然玩花樣！」毒品人馬這方的二頭頭掏出了槍，掩護著毒品大哥想要後退，身後的毒品小弟也紛紛掏出槍來，各自找了掩護，且還叫罵個不停。

另一邊的買家人馬們也都掏出手槍，且回罵著：「你們的貨也不純，彼此彼此啦！」

毒品人馬的二頭目掩護著毒品大哥，一面叫罵：「我們的貨不純，好歹也是貨，你們用印表機印，太惡劣了吧……」

他還沒說完，腦袋卻被重重一擊，痛得撲倒在地，竟是毒品大哥揮拳打的。

「你們這些兔崽子想幹嘛？造反啊，通通把傢伙給我放下！」毒品大哥回頭尖聲喊著，一票毒品小弟個個傻了眼。

同時，買家大哥也回頭，怒喝著：「把手槍扔了！」

兩邊小弟聽己方大哥這麼吩咐，全都不知所措，本來他們兩邊早做好了準備，計畫要來個黑吃黑，只等老大一下令，便先下手為強，但誰知道兩邊老大都不下令，且一個要驗貨，一個要驗鈔，豈知一驗之下，一邊是假貨，一邊是假鈔。

有個反應快的買家小弟，倒是想通了，便將槍放下，對著自己人說：「也對啦，都是假的，那還打什麼，浪費子彈又危險……」

那買家小弟話還沒說完，便惹來毒品人馬一陣罵：「靠夭喔，我們的貨是眞的，就算不純還是賣得出去啦。」

買家人馬也說：「對啦，還是要搶啦！」

「搶搶搶，搶什麼搶，我說槍放下，聾了嗎？」

買家大哥一巴掌將那吵鬧的己方小弟搧倒在地，同時，毒品大哥也又擊倒了一個毒品小弟，兩邊人馬這才乖乖地將槍全扔在地上。都不明白大哥們是吃錯了什麼藥。

「怎麼辦……錢是假的，這下做白工啦！氣死我了！」毒品大哥氣得跳腳，轉身幾個巴掌，將一票毒品小弟全打得趴下。

「天黑了，要變冷啦……」買家大哥像是強忍著怒氣，一轉頭喝令著一堆買家小弟。「通通把衣褲脫光，滾下山去，饒你們不死！」

「大仔……你……到底怎麼了？」一個買家小弟上前要問，砰地便讓買方大哥揮拳擊倒。

其餘的買方小弟眼看不對勁，想趁機溜走，但只見四周狂風暴起，將他們全颳倒，再回頭，見到買家大哥竟兩眼發出紅光，凶狠地朝他們走來，可是嚇得魂飛魄散。

「原來大仔被鬼上身啦！」

「有鬼啊！」

買家小弟們這麼一喊，那頭的毒品小弟們這才恍然大悟，原來兩邊大哥變得這麼古怪，竟是鬼上身了。他們嚇得四處逃竄，但同樣也被一陣異風擋住了退路，將他們又逼回車子旁，同時還有尖銳的說話聲喝令著：「叫你們脫衣服，脫了就滾，還是想死？」

毒品小弟們聽了這恐怖聲音，二話不說，紛紛脫了個精光，有些小弟將衣服脫了，手裡卻抓著皮夾，便讓異風吹倒，臉上還挨了好幾記耳光，只好嚇得將皮夾也扔下。

「賊仔哥哥，原來他們和我們一樣，幹同樣的事兒啊……」狐兒和賊仔遠遠望著兩邊人馬騷動，一票凶惡漢子全將衣褲脫了，連同皮夾都扔在地上，車子也不要了，連滾帶爬地逃下山。

「爆爆還在那傢伙手上，怎麼辦？」賊仔望著那買家大哥，只見爆爆仍脹成個球狀，讓那大哥拎著後頸。

「這啥玩意兒！」買家大哥突然想起自己還拎了個山豬精，只見爆爆一面發抖，一面流淚，便隨手將他拋在地上，喝喊：「滾！」

爆爆正想要逃，但一股異風又吹來，攔下了爆爆，竟是一個穿著青袍的凶惡漢子。

那漢子腰間還插著一根短鐵棒，一手又將爆爆提了起來，拎在面前打量一番，漢子舔了舔嘴唇，說：「忙了一天，沒弄到錢，有隻豬吃也不錯。」

「啊，我不是普通的豬，我是精怪吶！」爆爆嚇哭了。

「喂！」買家大哥身子抖了抖，軟倒下去，但同時一陣光煙閃爍，躍出一個灰袍大漢，瞪著眼睛飛來，揪著那青袍漢子的領子，說：「你這有應，餓得瘋了嗎？這是無辜精怪，不是惡人！」

原來這兩個傢伙正是寒單爺和有應公，他倆結伴同行教訓惡人已有一段時間，寒單爺怕冷、有應公怕餓，搶著了惡人的錢，便用來買木炭、食物。他們比賊仔等早一步盯上這兩路人馬，有應公是民間偏神，自然知道這毒品勾當是重大惡行，又見到這麼多鈔票，可樂得和寒單爺各自附上兩邊大哥，想好好教訓這批壞傢伙，奪了一整箱鈔票。誰知道鈔票是假的，氣得大發雷霆，只好要那些小弟們脫光了衣服，準備拿來生火；留下皮夾，則是聊勝於無。

「誰說是無辜精怪啦？」有應公拎著爆爆，睨著眼睛瞪視爆爆，問：「你是好精怪還是壞精怪？」

「好精怪……」爆爆顫抖地說。

「你發誓你沒做過壞事？」有應公問。

「沒……沒……」爆爆這麼說，但有些心虛，這些時日他們一路上可也搶了不少錢、吃了許多廟中供品。

「兩位神仙，放過我們吧！」賊仔和狐兒連忙趕去，跪了下來，一拜再拜，磕著頭說：「神仙大老爺啊，我們是被惡神逼迫的小精怪，走投無路，才一路從北邊逃到了南邊，我們不是有意要得罪兩位神仙老爺的！」

「什麼？」寒單爺眼睛一瞪，喝問：「什麼惡神仙？」

「是那順德神！」賊仔這麼說。「我們的家人朋友都讓那順德神殺了，我們好不容易碰上了土地神，土地神叫我們往南逃，我們身邊還帶了個凡人孩子，他家人也被順德神害了，實在是走投無路呀……」

「凡人孩子？」有應公望著走來的寶裕，倒有些詫異：「眞是個凡人孩子呀，咦，他看得見我們？」

寶裕來到賊仔身後，害怕地望著有應公和寒單爺，他見到爆爆被有應公抓著，賊仔和狐兒跪著磕頭，也知道是在求饒了，便也跪了下來，說：「拜託兩位叔叔放了爆爆吧……」

有應公和寒單爺相視一眼，此時他們還沒全瘋，也大約知道天庭騷亂、神仙邪化的緣由，見一個凡人孩子都下跪了，心中都有些慚愧，若再爲難，可說不過去了。

有應公莫可奈何，將爆爆扔在地上，一轉頭想要找個對象出氣，見到毒品大哥和買家大哥恍恍惚惚坐起，便旋風似地飛去，先是附在了毒品大哥身上，揮拳揍了買家大哥，還不等買家大哥還手，便又附上買家大哥身子，反擊毒品大哥。

有應公便這樣亂打了一陣，將兩人都打得滿地找牙，這才又扯碎了他們衣服，將兩個赤裸裸的黑道漢子給踢下了山。那山坡斜度不至於太陡，兩個毒品買賣家若是命大，或許滾到山下時，還能留著一口氣，若是死了，那便只能怪自己幹這毒品勾當了。

□

山坡外那小空地中央燃著火堆，寒單爺、有應公圍著火坐。

一旁的賊仔將腳邊堆積著的那兩派毒販人馬衣服撕成一條條，慢慢地扔入火堆，維持火勢；狐兒則乖乖將兩派人馬的皮夾搜刮一空，將鈔票和零錢整齊地擺在有應公面前；爆爆和寶裕則在附近撿些枯枝乾葉等助燃材料。

「那順德我很久以前見過一次，是個拘謹規矩的小神，現在倒成了北部三大邪神啦，好樣的！」寒單爺湊在火堆旁，將手放進火裡烤。

有應公則是吃著小廟供品和兩派人馬車上的零食。他雖見爆爆、寶裕等都一副飢腸轆轆的模樣，卻也只是隨意扔了些餅乾屑給他們，自個兒獨佔了大部分的食物。

爆爆雖然肚子餓得很，但剛剛被有應公嚇得魂都要飛了，此時可也不敢哭鬧，乖乖替寒單爺撿些枯柴生火，就怕有應公沒吃飽，要抓他來烤乳豬了。

「所以你們爲了躲避那順德欺凌，這才一路往南逃。」有應公吃光了所有食物，還吮著手指上的食物渣。

「是啊，順德神手下一批屍鬼好兇好惡，聽那土地神說，那兒周遭好多小神仙都已經歸順順德神啦……」賊仔這麼說。

「有應兄，不如咱們北上，制了那邪順德，再想辦法去聯繫其他沒邪的神仙。」寒單爺這麼說，眼神中閃爍起幾絲希望，他位階不高，一直長住凡間，很少上天，對那太歲鼎的前因始末了解不多。

太歲鼎崩壞之後，寒單爺也受了惡念侵襲，有時瘋癲狂暴無法自制，便傷了些凡人和神仙，他平時回復正常時，總覺得自己犯了大錯，卻也不明白究竟是什麼原因，因此始終不敢和其他神仙聯繫。

在一次偶然之下，寒單爺碰上了同樣瘋瘋癲癲的有應公，他倆成了夥伴，四處教訓惡人惡鬼。儘管他們挑中的惡人大都是些流氓盜匪之類的惡棍，但兩神有時瘋得過頭，出手難免過重，有應公只是民間偏神，不受天庭管轄，一向不將天界規矩放在眼裡，但寒單爺清醒之後卻總不免惶恐自責，成天為此耿耿於懷。他聽了賊仔轉述那老土豆一番話，這才大略明白那些神仙是「邪了」，且猜到或許和太歲鼎有關。

他抬頭望著天空，喃喃地說：「若是咱們伏了北部三大邪神，那或許可以將功折罪……」

「什麼將功折罪！咱們教訓那些壞傢伙，可是大大的好事，只有功，哪有罪！」有應公哼哼地說：「況且你傻啦？你沒聽這小猴精說那順德成了什麼三大邪神，或許那順德沒什麼本事，但他勢力龐大、一堆手下，連天上那些大神仙都奈何不了他，光憑咱們兩個想要收伏他，談何容易？況且現在天下大亂，哪個是好神仙，哪個是邪神仙，要怎麼分別？若是那些大神仙知道你傷了這麼多凡人，怪罪下來，說你也邪了，將你給斬了呢？」

「你胡說什麼，我哪裡邪了——」寒單爺握拳站起，怒吼一聲。「你傷的人可也不少，要斬也先斬你！」

寒單爺一聲怒吼之後，卻見有應公不理他，只是瞅著他冷笑兩聲，又見三個精怪和寶裕也讓他嚇得滿臉驚恐，不禁心中有所領悟，頹喪地坐了下來，呢喃地說：「不可能，我是天庭正神，一向盡忠職守，我可不會邪……」

「別想太多啦，寒單兄，總之咱們就靜觀其變吧。」有應公吁了口氣，又向三個精怪招了招手說：「這樣好了，以後你們就跟著我，幹些打雜跑腿的工作，有我和寒單撐腰，這附近的小妖小鬼也不敢找你們麻煩。」

「留著他們幹嘛？你也想搞勢力？」寒單茫然地望著有應公。

「哼。」有應公攤攤手說：「身邊有幾個嘍囉總是方便，讓他們動手教訓惡人，或是像現在這般撿柴燒火，咱們也樂得清閒，省得你每次出手重了，又要抱怨三天。」

「好啊！」賊仔在旁邊一聽，立時點了點頭，撲到了有應公和寒單爺身前，磕了幾個頭，說：「兩位神仙若是願意罩著我們小精怪、小孩子，我們每天都替兩位神仙弄來好吃食物，將兩位神仙伺候得妥妥當當！」

寒單爺本來聽有應公取笑他，又要發怒，但見賊仔也這麼說，倒也覺得這主意或許可行，便說：「我也不必什麼美食，只要每天替我準備些柴火木炭，讓我暖暖身子就夠了，天氣一冷，我脾氣便不大好。」

「記著啊，寒單怕冷、我好吃，你們不需要說些馬屁廢話或是捶背捏腿什麼的，只要準備好食物和炭火那便夠了。」有應伸了個懶腰說。

「沒問題、沒問題！」賊仔仍恭恭敬敬地磕了幾個頭。

05 賭徒

市鎮裡的一處小公園，有著老舊的鞦韆和滑梯，此時已經入冬，正逢寒流來襲，即便是接近正午時分，四周風一起，仍然冷得令來往的路人拉緊了領口，加快腳步。

「賊仔哥哥，我們要伺候著那兩個瘋子到什麼時候啊？」爆爆伏在滑梯底下，望著藍天，向蹲在一旁看天的賊仔發問。

「我也覺得有點不太好……他們瘋瘋癲癲，脾氣也不太好，昨天還打架呢……」狐兒倒掛在滑梯邊緣，也不安地插嘴。

寶裕穿著新買的厚外套，悠閒地盪著鞦韆，他離家已經接近兩個月，雖然夜裡想起了父母和姊姊，總不免擔心想家，但他畢竟年幼，除了在夜裡掉幾滴眼淚之外，也只能聽從賊仔吩咐，乖乖地服侍兩位神仙大老爺。

這些天來，三精怪和寶裕白天時便下山尋找壞人，教訓一番，取走他們的錢，再派寶裕進商店購買食物和木炭，到了傍晚，便返回山上小廟，和寒單爺、有應公開營火晚會，起初幾天倒也逍遙自在，但寒單爺和有應公畢竟受了惡念侵襲，有時鬥起嘴，火氣一來，便揪著對方打架，還得靠著三精怪勸架調停。

「那兩個神仙是有些瘋傻，但性情總不算是太壞，現在這樣不挺好，白天他們在廟裡睡大覺，咱們便出外蹓躂，幹的事情也和之前一樣，頂多是多準備點食物、炭火，晚上回到廟裡，有兩個神仙坐鎮，咱們也不用像之前那樣輪流守夜，這段期間裡，你們不覺得夜裡安穩許多嗎？」賊仔這麼說，跟著又補充：「況且寒單爺似乎有意替咱們教訓那順德，我們將他們伺候舒服了，逮著機會就遊說幾句，說不定眞能說動他們高抬貴手，去將那順德神給宰了，就算宰不了順德神，也殺些屍鬼替家人朋友報仇呀。」

三精怪和寶裕並不知道，在數天前的夜裡，太歲和太白星動身北上，已經收伏了順德大帝，此時的順德大帝，早被天將押入了雪山主營的牢房裡，正油嘴滑舌地想要討好斗姆等大神仙。

而寶裕的父母和姊姊，在那迎神法會上和其他信眾一同昏睡了一整夜，在天亮時醒來。神仙們解去了信眾們身上的蠱惑邪法，信眾們清醒之後，自然免不了一陣騷動混亂，有些人只以爲是集體食物中毒，而當他們發現法會上那些靈糕、符水竟都是那麼恐怖的玩意兒，可是驚駭、憤怒、羞惱、懊悔到了極點，信眾們三三兩兩地下山，有些自行就醫，有些報警想要找出阿姑，但這都已經是數天前的事了。

「可是……」爆爆仍然有些猶豫：「我怕那有應公，他每次看著我，都好像想吃我一樣。」

「那你就勤勞點、少吃點，幫忙多準備些食物，讓那有應公吃得飽一點，他吃越飽，便不想吃你了。」賊仔沒好氣地說。

「誰說的，我有時吃再飽，總還是想再多吃些。」爆爆反駁。

「喂，你們看，那個人看起來很兇的樣子，他是不是壞人呀？」寶裕突然插嘴，指著公園外街邊一個凶悍男人。

那凶悍男人一頭亂髮，衣服髒破，滿臉鬍碴，正揪著一個年輕人破口痛罵著。

「去看看。」賊仔招了招手，領著精怪和寶裕悄悄地往那兒走去，遠遠便見到那凶悍男人高高舉起拳頭，狠狠地砸在對方臉上，將那年輕男人一拳打倒在地。

寶裕跟著三精怪來到了離男人不遠處，見到那凶悍男人動手打人，便呀地叫了起來：「啊，他打人咧，應該是壞人沒錯！」

那凶悍男人和倒在地上的年輕人聽了這聲叫喊，都愣了愣，望向寶裕，那凶悍男人瞪了寶裕一眼，又伸手去抓那年輕男人的衣領，將他一把拉起，跟著又是一拳，打在年輕男人肚子上。

「啊！」年輕男人張大嘴巴，痛苦地乾嘔著，雙膝發軟、搖著手求饒。一旁一個老婦人奔了出來，拉著那凶悍男人的胳臂使勁地搖，一面喊著：「你想打死他啊？」

「打死他又怎樣？」那凶悍男人大喝一聲，推開那老婦人，還揪著那年輕男人的領口，一連搧了那年輕男人好幾個耳光，直到那老婦人又撲了上來，哭喊著要他住手，凶悍男人這才放開那年輕男人領口，但又補上一腳，將那年輕男人踹倒在地上。

「夠啦！」老婦人揮手打了那凶悍男人一巴掌，跟著轉身去探視那被踹倒在地的年輕人，只見年輕人臉色發白、口角流血，捧著肚子在地上嘔吐啜泣著。

那凶悍男人像是還打不過癮，仍扠著腰氣呼呼地來回踱步，嘴裡碎碎罵著，突然身子一顫，發起了抖，眼睛發出異光，東張西望起來，然後撿起地上一塊磚頭，嘿嘿笑著。

「哇！」年輕人見凶悍男人舉起磚頭，嚇得掙扎要逃，那老婦人也急忙站起，想要阻止那凶悍男人，但凶悍男人卻是將磚頭往自己腦袋上重重一砸，跟著嘻嘻笑了起來，額頭上淌下一道鮮血。

這舉動可嚇壞了附近圍觀的鄰居和那老婦人，紛紛搶了上來，要阻止那凶悍男人自殘。

「唉呀……」賊仔嘖了一聲，皺著眉頭說：「不好，應當叫狐兒將那男人引遠點教訓，現在一堆凡人礙事，不好動手摸他錢。」

原來是三精怪和寶裕見那男人出手凶狠，回想起阿關挨揍那晚，月娥淒楚的模樣還歷歷在目，便匆忙推派出狐兒附上那男人的身，給那男人一點教訓。誰知道現在附近街坊和那老婦人全都擁了上來，拉著那凶悍男人的胳臂。

只見那男人被一群街坊攔著，卻還哈哈大笑，扔下了磚頭，卻揮著拳往自己臉上亂打，跟著兩隻手都被街坊拉住了，便抿起嘴，用牙齒咬起自己的下唇，咬得滿口鮮血。

「唉呀！媽媽給你跪下來啦——」那老婦人哭嚎一聲，眞的跪了下來。

狐兒附在那男人身上，可也嚇了一大跳，他本來只當這男人是附近惡霸，附體自殘，但見眾人不但不叫好，反而圍上來勸阻，本來已經覺得奇怪了，此時見這老婦人哭著跪下，且原來是這凶悍男人的母親，倒是不知所措。遠遠地見到賊仔向他招手，要他出來，便又倏地飛脫出那凶悍男人的身子，回到了賊仔身邊。而那男人眼睛一吊，便要昏倒。

「阿雄，你這是何苦呀——」

「不對勁啊，該不會中邪了吧？」

街坊鄰居將那男人扶回附近一間老雜貨店裡，有的替他搓著身子，有的拿著毛巾替他擦拭臉上血跡。

一個老漢子端著一杯熱茶也擠進那老雜貨店裡，望著癱軟在藤椅上的凶悍男人，說：「該不會被他弟弟氣得羊癲瘋發作了吧？」

「阿雄沒有羊癲瘋啊……」一旁哭紅了眼的老婦人愣愣地說，還按著那叫作阿雄的男人胳臂，輕輕搖著。

「家裡有妳那二兒子，沒病也要給氣出病啦。」老漢子嘆了口氣，吹了吹熱茶，托著阿雄的身子，灌了他幾口茶。

阿雄咳了幾聲，他讓狐兒附身又離體，全身虛脫，加上腦袋又暈又痛，還搞不清楚發生了什麼事，一時間也說不出話。

「這次阿文又幹了什麼好事啊？妳這樣寵他不行啦。」一旁一個大嬸遞來新的毛巾，替阿雄按著額頭止血。

老婦人沒答話，只是哽咽地搖著頭。

「我看還是賭。」老漢哼了一聲，問：「這次又輸了多少？」

「我也不知道……」老婦人仍搖著頭，只是不停低聲啜泣。

「媽……下次阿文跟妳討房契，妳可千萬別給他啊……否則我們連住的地方都沒啦……」阿雄虛弱地說。

「我……」老婦人望了阿雄一眼，有些心虛地說：「不給他……難道……看著他被人砍死呀……」

「啊呀！」老漢子呆了呆，叫喊起來：「我剛看妳從口袋裡拿了一包東西塞給阿文，該不會眞是你們家房地契吧？我說那小兔崽子拿了房地契，又要去賭啦！」

「不會、不會……」老婦人連連搖手說：「我要他先拿房子去抵押，還了賭場討債，再好好工作還銀行錢……」

「媽……妳……」阿雄聽那老婦人這麼說，瞪大了眼睛，又氣又急，掙扎起身想要去追回房地契，但只覺得額頭更痛了，一陣天旋地轉，昏了過去。

「哇……」擠在小店裡的街坊一陣騷動，有的急急搶救阿雄、有的要撥打電話叫救護車、有的氣憤指責著老婦人、有的則是搖頭嘆氣。

寶裕和爆爆遠遠地在店外看著熱鬧，見到賊仔和狐兒自店裡頭溜出，將他們聽到的情形說了一遍，這才吐了吐舌頭，說：「糟糕，我們冤枉好人了，那個年輕人才是壞人。」

「剛剛老頭子說那個年輕男人，把一份房……什麼的東西拿走了。」狐兒懊惱地說：「這樣一來，那老媽媽就沒有房子住了。」他也搞不清楚凡間一些房地契約等事務手續，只以爲自己莽撞，不但打傷了無辜的人，還要害得老婦人沒房子住了，不免著急後悔。

「這樣好了，我們去把那小子找出來，把『房子紙』偷回來。」賊仔搔了搔頭，指著街上一個方向。「剛剛狐兒附身打人時，那小子往那個方向跑了。」

就這樣，三精怪帶著寶裕，靠著爆爆的靈通鼻子聞嗅過剛才那叫作阿文的年輕人被他大哥踹肚子時嘔出來的穢物，一路追去，狐兒和爆爆架著寶裕飛奔，賊仔四處攀牆飛躍，一下子便找著了阿文。

阿文在一處路口被一輛汽車攔了下來，汽車上下來兩個流氓模樣的男子，一左一右地圍住了阿文。

「那些人又是誰啊？看起來像是壞人耶，要不要去救他？」寶裕遠遠地指著阿文。

「哼哼，讓他被揍兩拳也好，揍得差不多了，我們再去把『房子紙』拿回來，順便把那幾個惡霸也教訓一下。」賊仔扠著手說。

但見阿文起初有些慌張，但跟著便得意地揚了揚手上那小袋，嘿嘿笑著說：「我可沒逃，我正要找你們，我來翻本了。」

「翻本？你有沒有錢還？」其中一個流氓接過阿文手上那小袋子，拿出裡頭的房地契和印章，檢視半晌，睨視著阿文問：「你偷的啊？」

「我媽給我的。」阿文這麼說。

「你媽眞疼你。」那流氓嘿嘿乾笑幾聲，將那房地契印章放回小袋，又說：「別說老子沒提醒你，你欠狗哥的債還沒還，你家裡房契拿來還債我看是差不多，但你想拿房契翻本，嘿嘿，如果又輸，到時候你拿什麼還狗哥？」

那流氓這麼說，阿文先是一愣，搓著手，像是也十分猶豫。

另一個流氓插口說：「他家裡還有一個哥哥，在夜市賣小吃，生意還不差，應該還能榨得出點東西。」

「呸呸呸！烏鴉嘴！」阿文拍了拍那流氓肩膀說：「誰說我一定輸？說不定把欠的錢又贏回來、說不定還倒贏咧，到時候少不了你們好處，嘿嘿。」

「少來這套，我只幫狗哥收錢，你輸贏跟我無關，別跟我攀關係。」那流氓撥開阿文的手，又揚了揚手中的房契問：「你要現在拿去銀行抵押？還是直接押給狗哥？」

「也好、也好……」阿文想了想，說：「直接去狗哥那邊吧，省得跑銀行也麻煩……」

「那好，放我這邊，上車吧。」兩個流氓拿著房地契，先後上了車，阿文也跟在後頭，一齊上了車，車子緩緩駛動。

「怎麼他們沒打他啊？」寶裕不解地問。

跑去探聽阿文和流氓對話的狐兒奔了回來，說：「跟老頭子說的一樣，那年輕人不是拿房子紙去還債，而是繼續賭，如果又輸掉，那房子紙就沒了，而且還是欠錢。」

「壞小子果然狗改不了吃屎，咱們快追上去。」賊仔一聲令下，奔追上去，狐兒和爆爆則又架起寶裕緊跟在後頭。

好半晌之後，汽車轉入一處靜僻巷弄，附近住戶不多，不遠處是工業區，附近還有大片荒蕪空地，十分偏僻。

阿文等人下了車，往一排老舊透天公寓走去，其中一戶底下，一樓是不起眼的理容院，騎樓下還擺著幾張茶几，坐著幾個刺青男人在喝茶聊天。阿文進入理容院前，還和那幾個刺青男人打了招呼，但他們顯然不是很想理會他，在阿文進入理容院後，還互相訕笑說著：「敗家子來了，今天又可以分紅啦，哈哈。」

賊仔等遠遠見了，便也跟了上去，那坐在理容院外的刺青漢子們見到寶裕走來，都望著他。

其中一個漢子身子一抖，兩眼發直，是讓狐兒附了身。狐兒附著那漢子站了起來，對寶裕招了招手，說：「小寶，你來啦，我帶你上去找叔叔。」

其他人聽那漢子這麼說，便只當寶裕是樓上哪個賭客家中孩子，便也不放在心上，任由那被附了身的漢子將寶裕帶進理容院。

那理容院裡空間狹小，寶裕和那漢子一前一後地上樓，經過櫃台時，還和理容院大嬸互看了一眼。

他們一路向上，來到了三樓，三樓一間空曠客廳裡有十幾個人，圍在一張桌子前賭著撲克牌。

阿文早已捧著一堆以自家房地契換來的鈔票，興致盎然地參與其中。

狐兒附著那漢子，和幾個前來詢問的人說了幾句話，將寶裕的身分說得模稜兩可，大夥兒見只是個六、七歲大的小孩子，也都當是客人家的孩子，便只吩咐寶裕別隨處亂跑，讓他坐在角落看漫畫，還有個女人拿了顆橘子給寶裕，還逗了他幾句話。

狐兒附著那漢子隨意找了間房，脫出身子，再施術迷倒那漢子，讓他像是偷懶打瞌睡一般。跟著狐兒繞回了賭局那客廳，和賊仔湊在賭桌邊，本也想湊湊熱鬧，附上賭客的身子大鬧一番，但看了老半晌，也看不懂撲克牌玩法，只見一個發牌的老男人將一張一張牌發給每個賭客，大夥兒每拿了一張牌，有些人便又是興奮又是緊張地喊價，有些人則是一臉懊惱地將牌蓋起，那麼他前方砸下的鈔票便也讓人收去了。

阿文賭了幾把，有贏有輸，輪到他喊價時，可也喊得興高采烈，像是早忘記了他牌桌上的鈔票，可是用他老母親的棲身之所兼棺材本的房地契換來的。

賊仔和狐兒見牌桌上鈔票來來去去，速度卻不太快，心想這麼一玩，可要賭上好幾個小時，也沒耐心耗下去，便想找個時機，狠狠地大鬧一番。他們見這些賭客個個面貌不善，想來也大都不是什麼善男信女，屆時搜光了錢，看是要拔光他們的頭髮，或是扯爛他們的衣服，又或是拿筆在他們身上臉上亂畫些圖案，倒也有趣。

「咱們這樣玩，倒便宜了這臭小子，他本來該輸光的，咱們大鬧一場，反而幫他拿回房地契。」賊仔嘿嘿地說：「他學不乖，終究又會回家向媽媽討錢來賭啦。」

狐兒搖搖頭說：「那也沒辦法啦，誰教那老婦人不會教孩子，這麼寵他，最後自己受害，也怪不得別人了，咱們幫老婦人討回房子紙，也算是路見不平了。頂多待會現身嚇嚇他，警告他以後安分點。」

「這倒也是個方法……」賊仔點點頭，和狐兒、爆爆商量妥當，便各自行動。只見三個精怪擊掌一喊，各自散開，爆爆還向寶裕做了個鬼臉。寶裕一面吃著橘子，一面見賊仔倏地一個筋斗，躍上賭桌，跟著再一翻身，便附上了那發牌老男人的身。

賊仔雖然不懂玩法，但也能模仿著剛才那老男人的發牌方式，將牌一張張發到賭客面前。

第一輪牌蓋著，第二輪牌打開。等著檯面上牌色較大的賭客喊價，便發第三輪牌，狐兒在一旁略施法術，變化牌面花色，他們先前觀察了一會兒，雖然不懂詳細玩法，但也看出牌面花色相同的或是點數相同的贏面大，此時便故意動了手腳，讓每一個賭客都拿著一手好牌。

大夥兒你看看我、我看看你，再看看對方檯面，只見不是同花順，就是三條或兩對子，可都緊張極了，就盼對方手中扣著的那張暗牌是張廢牌。

阿文手心冒汗，檯面上他最大，再加上手上一張暗牌，可是貨真價實的黑桃同花順，他望著桌上檯面其他人的牌，知道即便開牌，也沒有人大得過他，心中可是開心得忍不住要喊叫出聲，他強壓著心中興奮，摸摸鼻子，喊：「梭了……」

其餘賭客又是一陣緊張僵局，個個都覺得自己手上抓了一手難得一見的好牌，其他人或許是在故弄玄虛。其中兩個膽子小的，乾脆蓋牌不玩，膽子大的，便橫著心跟著梭了。

又是一陣寂靜，大夥兒要開牌了，但爆爆早已等著，見狐兒打來暗號，立刻便關了房中電源總開關。

此時雖是正午時分，但這居家賭場爲了掩人耳目，窗戶可都用隔熱紙貼得密不透風，一經關燈，雖然不至於伸手不見五指，但也和晚上差不多了。

「嘩——怎麼回事啊！」大夥慌亂騷動起來，有人摸到了總開關處，重新打開開關，客廳裡這才重新大放光明。

但隨之而來的，是更大的騷動——

賭桌上所有的鈔票，全都不見了——

全都讓狐兒裝進了事先備妥的大袋子裡，且將袋子扔到了寶裕懷中，寶裕便將那裝滿鈔票的黑色垃圾袋壓在屁股底下，當成坐墊。

這麼一來可不得了，場子裡的主人狗哥和各路賭客，眼見客廳一黑，錢全部平空消失，可都一口咬定了是對方搞鬼，一時之間劍拔弩張。

阿文張大了嘴巴，完全不知道該如何是好，他這一輩子也沒拿過電影裡才見得到的同花大順，誰知道才要開牌，竟然出了這個亂子，腦袋裡可是一片混亂，他急急地向狗哥說：「狗哥……先開牌好嗎……你看我的牌……」

阿文將牌一攤，大夥兒也都見著了，是同花順，但那又怎樣，現在場子上出了亂子，這一局看來是不算數了，且大夥沒人牌面大過阿文，那更要轉移焦點，將矛頭指向那些消失了的鈔票上。

「狗哥、狗哥……」阿文哭喪著臉，對著狗哥說：「剛剛你也梭了，這把應該是我贏了吧……剛剛我梭下去的錢你也看到了，之前的債算是還掉了……對吧……」

「還你個屁！」狗哥大吼一聲，先是和另外幾個賭客對罵幾句，跟著又吼著阿文：「錢呢？錢呢？」狗哥還沒喊完，臉上卻吃了一拳，是狐兒附在一個賭客身上，率先發難揍人。

這麼一拳可開啓了戰端，狐兒附身揍人那賭客可也帶著幾個小弟，見老大動手，便也義不容辭地要掀桌子打架了。

狗哥這邊的人哪容得下外人在自家場子動手腳還打人，也是二話不說地要抄傢伙還擊，燈光又是一陣閃爍，一些事不關己的賭客也都挨了打，一時之間整間客廳不分男女，打成了一團。

阿文被打成了個豬頭，兩顆門牙搖搖欲墜，倒在地上哀號。

狐兒本想施展迷術，迷倒眾人，但經賊仔提醒，知道若是他們劫走了鈔票，又拿走了阿文家的房地契，那麼事後或者仍會追究或是硬要栽贓阿文搞鬼，便得想個辦法讓阿文脫身。

狐兒打定了主意，一飛身到了客廳正中，尾巴一搖，客廳幾盞日光燈霹里啪啦地碎了一地，跟著整個客廳紅光大盛，陰氣逼人。

所有人全都傻了眼，狐兒變化成人樣顯身，還故弄得滿臉鮮血，一副厲鬼模樣，飄在空中張牙舞爪，淒厲地吼著：「是誰打擾我睡覺——」

「鬼啊——」所有的賭客可都嚇得魂飛魄散，全都擠著往門邊跑，但見門邊也現出一個恐怖猿猴，尖聲叫著，將那些賭客一個個給打回客廳。

底下那聽見了騷動而趕上來支援的刺青漢子們，則全讓現了身的賊仔揪著頭髮也扔進了客廳裡。

「我好恨吶！我最恨人賭錢啦——」狐兒在空中飛飄，抓起桌上的牌便往嘴巴裡送，一面大嚼，一面喊著：「我吃光你們的錢，現在要殺光你們所有人啦——」

狐兒這麼一喊，跟著倏地飛下，將那抱頭發抖的阿文揪了起來，掐開了他嘴巴，一探手，將他那兩顆被打鬆了的門牙，硬生生拔了下來。

「吼呀——」阿文發出了撕心裂肺的尖嚎哭聲。這可將客廳裡所有賭客嚇得肝膽俱裂。

阿文痛徹心扉，眼睛一吊幾乎就要暈倒，狐兒拍了拍他的臉，揮出一陣紫霧又令他清醒，揪著他頭髮喝問：「你說，你以後敢不敢再賭錢啦！」

阿文痛得死去活來，淚流滿面、口噴鮮血，含含糊糊地說：「我不敢、我不敢了……嗚嗚……」

「好，你可以走。」狐兒便放下了阿文，還猛地扯去他一把頭髮，又痛得阿文殺豬般地嚎叫，連滾帶爬地逃到門邊，往樓下跑，還因爲腳步不穩，一路滾下了樓。

客廳中所有賭客聽著那哀號慘叫和碰撞跌倒聲，都嚇得一臉慘白，狐兒也沒閒著，又揪起了兩個賭客，狠狠地施力擰轉他們的臉頰，痛得他們還以爲自己的臉上給拔下了一塊肉，也都發出了慘烈的哭嚎求饒聲。

就這麼著，一票賭客們全跪倒在地，任憑狐兒尖聲喝罵，再一個一個或是給扭斷了手指、擰腫了臉、扯去一堆頭髮地踢出門外，驚恐駭然地奔逃下樓。

那賭場場子老大狗哥更是被折斷了好幾根手指，給踢到了門邊，還讓賊仔握著他那斷骨的手指，痛得連屎都拉了出來，賊仔惡狠狠地在他耳邊說了好幾分鐘話，要他滾出這個市鎮，滾得越遠越好，直到狗哥連屎也拉不出來，幾乎休克了，這才放了人，任他跌跌撞撞地逃跑。

室內燈光重新亮起，只見寶裕抱著大垃圾袋，已經數起錢來，仔細一看，裡頭還有阿文的房地契。

寶裕和爆爆一面數錢，一面捏著鼻子，抱怨著說：「好臭啊，賊仔哥哥，都是你啦，幹嘛把他弄到大便啊？還有狐兒你的樣子好可怕，我都不敢看你了。」

「我們不這麼警告他，就怕他事後再去找那家人的麻煩啊，就是要給他來這麼一下，讓他這一輩子都忘不了，嘿嘿！」賊仔得意說著。

狐兒在空中一個筋斗，又變回那嬰兒身形狐狸腦袋的模樣，和賊仔來到了寶裕身邊，笑著一同數錢，這一大袋鈔票少說也有好幾百萬，用來買食物和木炭，可是綽綽有餘了。

「兩個神仙大老爺這下肯定滿意了吧。」

「乾脆買個電暖器給寒單爺用好了，我看到廟裡面有插座。」寶裕這麼說，他雖然不清楚一台電暖器要多少錢，但倒是很肯定現在一定買得起，大笑著說：「哈哈，我們發財啦！」

「發財！發財！可以吃好多、好多、好多的東西啊！」爆爆也興奮到亂吼亂叫起來。

三精怪和寶裕數了一會兒，知道數不完，便也不數了，而是隨意在四周搜了搜，又搜出一些錢和零食，便準備離去。

「咦？」

寶裕來到門邊，卻愣了愣，他見到樓梯底下，有雙閃亮的眼睛仰頭看著他。

「那什麼啊？」寶裕不解地轉頭問著賊仔。

「什麼東西？」賊仔去看了看，可嚇得尖叫起來——

「是下壇將軍！」

「什麼？」狐兒和爆爆一聽，本也想要擠出去看，但已聽見一聲虎吼，嚇得退回了客廳。

賊仔拉著寶裕也退回客廳，還關上門，想找其他出路，一面驚慌說著：「一定是剛剛演得太逼眞啦，附近的下壇將軍以爲這兒有鬼怪害人，殺上來啦！」

三精怪慌亂地往一間房間裡逃，來到了房間窗邊，見那窗子外沒有鐵窗，且還通往防火巷，便打開窗，狐兒揹著寶裕、賊仔扛著那袋錢，一一攀出窗外，但見到底下巷子裡也奔來幾隻虎爺，只好攀牆往樓上爬。

三精怪帶著寶裕攀過了圍牆，來到頂樓，想找其他路下去，但只聽見幾聲喝叱，四周殺出好多身影，將三精怪和寶裕團團圍住。

「哪裡來的惡精怪在捉弄凡人呀！哪裡來的呀！」

一個身形個頭和賊仔差不多的猴子精，扛著一支鐵棒，自一旁水塔上威風凜凜地站了起來，是小猴兒。

「你……你們……」賊仔望了望水塔上的猴子精，又望了望四周，只見圍著他們的，全是山中精怪。

「呱呱！」癩蝦蟆大搖大擺地自精怪間擠了出來，往前一跳，伸出一手指著寶裕，說：「唉喲，膽子不小，還擄著一個凡人小孩子呱！」

「你……你說什麼！」賊仔急急反駁：「這小孩子是我朋友，我們可不是捉弄凡人，我們……我們……」

「你什麼你？」癩蝦蟆搖搖晃地來到賊仔身邊，斜著眼睛打量這三精怪，呱呱兩聲，說：「你手上拿著的是什麼？」

「這是……」賊仔還緊抓著那黑色垃圾袋，一時也不知該說些什麼。他反問：「你們又是誰？我做什麼，干你們什麼事？」

「唉喲，還頂嘴！」癩蝦蟆扠著手，噗地朝著賊仔吐了口綠色泡泡。

賊仔猛地閃身，臉色讓那泡泡擦過，氣憤地抬腳一踢，將癩蝦蟆踢得打了個滾，又躲回了精怪堆中。「動手啦，抓起來呱！」

「等等……」三精怪壓根還不知道發生了什麼事，便見十來隻精怪一起擁了上來，只好硬著頭皮接戰。

小猴兒將鐵棒掄得虎虎生風，一馬當先地搶上來和賊仔對戰。

賊仔手上沒有武器，只好拿那大垃圾袋來擋，垃圾袋挨了小猴兒兩棒，破了開來，撒出一堆鈔票。

「原來是凡人貨幣啊，這些精怪在偷凡人的錢呱！」癩蝦蟆大叫著，跳了過來，一腳將嚇哭了的爆爆踢倒在地。

狐兒本想施展迷術，但此時對手全是精怪，且不少身懷多年道行，狐兒天分雖佳，但終究年幼，三兩下鬥法便落了下風，讓幾隻精怪壓倒在地，施法困住。

賊仔和小猴兒戰得如火如荼，他拋下了大垃圾袋，甩動尾巴捲打小猴兒的腳，小猴兒尾巴不如賊仔靈巧，但一支鐵棒卻是攻守兼備，突地以鐵棒撐地，雙腳一蹬，蹬在賊仔臉上，將賊仔蹬得向後翻倒，才剛倒地，便讓一群精怪也壓上了。

「你們……你們不要欺負賊仔哥哥，還有……快放開狐兒跟爆爆！」寶裕見身手俐落的賊仔也被擊倒，又驚又怒地罵了起來。

「哦，這小孩子也有古怪，我看一併抓了呱！」癩蝦蟆呱呱兩聲，在寶裕身邊繞了繞。

「這……」有隻精怪面露難色，說：「仙子要我們四處招募夥伴，可沒說連凡人也抓……」

「你們到底是誰？是不是那順德神手下狗爪子！」賊仔一聽對方說「仙子」二字，心想原來這批精怪是神仙派來的，便恨恨地怒罵。

「你說什麼順德？」小猴兒愣了愣，問：「什麼順德？那順德大帝？」

「順德……」賊仔氣呼呼地罵：「什麼大帝？就是那壞順德神，殺了我們全家，我們逃到這麼遠，還不放過，好呀，有種將我押回去，讓我跟他拚了！你們也是山中精怪，竟然爲虎作倀，更是無恥！」

「怪了、怪了！」小猴兒連連搖頭，說：「那順德不是已經被抓了嗎？怎麼南部也有個壞順德神啊？」

「啊呀不管啦，全押回去讓仙子審審呱。」癩蝦蟆這麼說，一票精怪押著三精怪，還連寶裕也一起押了，往這兒的天界據點趕去。

一路上大夥兒七嘴八舌、你一言我一語地亂講一通，這才終於知道三精怪也是讓順德大帝逼迫的受害者，這便客氣許多，不再強押他們了，只是將他們前後圍住，「請」他們上據點喝杯茶聊聊。

三精怪本憋了一肚子氣，但一聽這些精怪大都是北部精怪，且也和順德有過節，甚至有過數次大戰，倒是又驚又喜，心中的氣也頓時消了許多，滿心好奇地追問後續發展，一聽那順德被大神仙抓了，可是高興得大叫起來。

狐兒和爆爆都哭了，嚷嚷著要大神仙趕快殺了順德，替父母家人報仇。

「哼！就你們想殺順德？」小猴兒氣呼呼地罵：「我也想殺順德，殺了那個壞順德，我朋友也讓他殺了不少，我恨死他了、恨透他了！」

「這兒夥伴大都恨極了順德，但那壞蛋現在被關在雪山大牢裡，大神仙要怎麼處置他，我們也管不著了呱……」癩蝦蟆這麼說。

「你們……又怎麼會來到這裡，又要帶我們上哪兒去？」狐兒這麼問。

「這……」小猴兒搔搔頭，也不知該從何講起，只好說：「我們回到了據點，再好好告訴你。」

雖說如此，但一路上精怪們早已嘰嘰喳喳地將這些時日來種種異變情由、神仙邪化的前因始末，都說給了三精怪知道。

「什麼……你們成了神仙麾下的義勇軍，去打那些……邪了的神仙？」賊仔總算明白這些精怪為什麼圍著他了。「所以……你們現在是要我們也加入你們？」

「嗯……這倒不是啦……」有個精怪滑頭地說：「你們傷了凡人是事實，總該在神仙面前認錯解釋吧，當然如果你們也加入義勇軍，或許能將功折罪……」

「哇……你們這是強徵兵馬啊，這樣和那順德神又有什麼不同？」賊仔可不服氣。

「那可不一樣，我們全都是自願的！」一個精怪插嘴說：「我們加入義勇軍，是為了進洞天吶。」

賊仔本來想大聲抗議，但一聽洞天，可瞪大了眼睛，回頭望著爆爆和狐兒，他們也是驚訝不已。

三精怪齊聲問：「加入義勇軍，便能夠進洞天？」

「是啊。」這些精怪們一提起洞天，可個個興奮地搶著說話，說著翩翩在那山林裡對他們允下的承諾。

06 星空下的營火晚會

在天黑之前，小猴兒和癩蝦蟆領軍的精怪們，帶著賊仔等來到了近市郊處的一處天界據點。

這據點是一座位在半山腰上的荒廢大廟，大廟上方天際站著幾個天將四面看守，大廟前方則是一片片荒蕪田地，田地上建著一些廢棄農舍，農舍外立著一些符籙旗幟，這幾處農舍裡頭也有精怪把守，算是據點的前哨防線。

而在田地更外圍，有一條寬闊大路，路的另一邊，是一整面丘陵坡地，坡地上也有幾座小廟。小廟上方隱隱盤旋著黑氣，自這幾座小廟開始，便算是西王母勢力範圍了，幾座小廟更上方，則也有一座大廟，上空也盤旋著幾個邪神將領。

正邪兩處據點，相隔不到兩公里，那條寬闊道路便像是兩邊勢力的分水嶺。

「和我們敵對那據點的頭頭，是『池頭夫人』和『血河大將軍』，他們是十殿閻王麾下兩個頭號先鋒大將，厲害得很！」

一個精怪滔滔不絕地向賊仔說明著此時敵我雙方情勢。

「那我們這據點的神仙又是哪位呀？」狐兒問，他顯得十分雀躍，一副已經將自己當作是義勇軍一員的模樣，這全是爲了從小聽他媽媽講的那傳說仙境洞天。

「我們據點主神是岱宗大人，手下五道將軍個個驍勇善戰啊，好幾次將那血河大將軍手下的鬼兵殺得潰不成軍。」精怪們這麼說。

「其實我們是來支援這據點的。」有個精怪這麼說：「實際上我們是直屬那些歲星部將，什麼翩翩仙子啦、秋草仙子啦、紅雪仙子啦……」

「你就只記得仙子，你把我們阿關大將軍放哪兒了？」

「阿關什麼時候變成大將軍了？他不是什麼備位太歲嗎？」

「阿關大人現在負責鎮守北部，咱們聽命於秋草仙子，現在白石寶塔是讓秋草仙子拿。」

「翩翩仙子聽說傷得很重，現在還在洞天休養吶。」

精怪們七嘴八舌地閒扯，北部山上法會一戰之後，身中綠毒的翩翩將白石寶塔交給了天將，輾轉再交到了林珊手中。

此時南部戰情膠著，西王母手下十殿閻王四處亂打，各地據點都岌岌可危，熒惑星一軍在最前線苦戰閻王，太白星一方面看守藏著新太歲鼎的祕密據點，一方面聯合歲星部將，四處游擊十殿閻王，減輕熒惑星負擔。

林珊接下了白石寶塔，便派遣寶塔裡頭的精怪支援各處據點，同時也在南部山林野外招募新兵，小猴兒這路精怪本來被派遣在市鎮上捉拿一個突然邪了的鬧事小神，但今日賊仔在據點後方賭場一陣大鬧，驚動了正好在附近巡邏的精怪，符令一打，附近所有的巡邏精怪虎爺們便這麼包圍了過來。

「狐兒，你眞的要加入這些精怪，和邪神仙打仗啊……」爆爆害怕地說，他倒顯得十分煩惱，一方面那「永遠也吃不盡的果子」可實在是太吸引他了，但另一方面爆爆只是年幼精怪，不能打也不能殺，對那些邪神惡鬼而言，爆爆的威脅性和一隻凡間活山豬差不了多少，頂多是當爆爆吸足了氣，鼓脹起身子時，能硬挨上一頓狠揍而已，這是爆爆唯一的能力了。

「不然呢？」狐兒望著天空，苦笑了笑說：「先別說打贏了去洞天這件事，我爸爸媽媽都讓那順德神給殺了，現在順德神也給伏了，咱們也沒仇可報，天下大亂，我不加入好神仙陣營，還能去哪兒？難道你想回去伺候那兩個瘋癲大老爺啊？」

「這倒也是……不過……」爆爆仍然猶豫得很。

「誰說沒地方去。」賊仔倒像是有不同意見。「想去哪就去哪，壞神仙那麼多，大不了躲在山中不出來，咱們之前不就躲了好長一段時間嗎？好神仙、壞神仙，你又怎麼分辨得出來？」

賊仔從小就沒了親人，許多年下來倒是結交了不少朋友，他生性不喜歡受拘束，以往和那些精怪朋友們一向是平起平坐，那些大神仙對他而言便像是傳說裡的形象，前些天伺候寒單爺和有應公，他可覺得那是他的計謀、是他在哄騙兩位瘋癲大老爺去替他對付順德神，此時若是真歸順了義勇軍，成了神仙手下的小嘍囉，那可令他渾身不自在。

「賊仔哥哥，你不想去洞天嗎？」爆爆這麼問。

「想啊。」賊仔抓著頭，似乎心中也在掙扎。「但我偏不喜歡當人家手下小卒，以前咱們在山上多逍遙自在啊。」

其他精怪們聽了賊仔這麼說，有些點頭同意，有些則開口反駁：「那也是莫可奈何，當正神手下小卒，也好過當邪神手下小卒，誰教你我是小精怪，不是那二郎神。若咱們有力量、夠強大，又怎麼會受人欺負？」

「二郎神又怎樣了？」賊仔哼哼地說：「不見得打得過我。」

「這隻猴精可真囂張啊！」

「你沒聽說過二郎將軍嗎？」

「這小子連小猴兒都打不過，大話倒是不少。」

一群精怪倒也沒見過二郎，但總算是在翩翩和阿關帶領之下，和順德大帝經歷過一場大戰，翩翩在他們心中的形象，便是驍勇無敵了，但中了綠毒，仍讓那順德大帝一路追殺，而吸取了千人精氣的順德，在太歲面前，便像個孩童一般地束手就擒。這麼一路比較下來，神仙之間強弱高下，當然是心中有數，精怪們聽賊仔拿自己和那天庭第一戰神二郎相比，那如何聽得下去，當然是大大地嘲諷取笑一番。

「哼！」賊仔大聲地對著前頭那扛著鐵棒的小猴兒喊：「小子，他們說我打不過你，你還眞好意思不吭聲？」

「什麼？」小猴兒回頭，理所當然地說：「你是打不過我啊。」

「你拿鐵棒打我空手，也贏不了我，如果你扔下棒子，我一下子就把你打昏了。」賊仔哼哼地說。

一票精怪雖然看不過這賊仔滿口大話，但平時小猴兒白目行徑也好不到哪裡去，聽他們鬥嘴，便起著鬨，嚷嚷著：「好啊，兩隻猴子精模樣就像是一個媽生的，看哪個是大哥，哪個是小弟，一定要打一架才知道！」「小猴兒扔下棒子跟他拚了！」「不如叫那新來的猴子也拿根棒子！」

「神經病啊你們！」小猴兒氣呼呼地亂跳。「誰跟他一個媽生的？他長那麼醜，誰跟他一個媽生的啊！」

有些精怪倒是說：「他們身手差不多，但那新猴子說起話來頭頭是道，咱們小猴兒弟弟便像是個呆子了。」「對啊，一句話總要講兩次，有夠呆。」

精怪們一路取笑、一路挑撥，將三精怪和寶裕，送到了半山腰上那殘破大廟。

從這半山腰上回頭望去，便見到了對面那池頭夫人和血河大將軍的據點大廟，若是歲星部將從這頭大廟門前躍起，大概不出一分鐘便能殺進敵方廟裡了。相對地，敵方那些邪神惡鬼，同樣也能一下子便飛擁過來，因此兩邊據點前頭的前哨防線可都布下了密密麻麻的符陣結界，據點上方的守衛也是時常輪替，全天保持警戒，絲毫不敢掉以輕心。

「這據點是處犄角，若是被打下了，後頭熒惑星大人幾處據點，可都要丟啦。」一隻精怪這麼說，向大廟前方的守備天將打了聲招呼，跟著來到廟門口，向裡頭一隻兔兒精喊了幾聲。

那兔兒精來到了廟門前，望了望一行精怪，問：「今天行動如何？有沒有碰上好玩的事啊？」

「有啊有啊！」小猴兒插口說：「咱們又多了三個夥伴，不過其中有個傢伙倔強得很，等我打贏他，讓他心服口服！心服口服呀！」

鼴鼠精推開小猴兒，對兔兒精說：「你就這麼和岱宗大人說，剛才後方那騷動是場誤會，是些惡凡人在欺壓好人，有些見義勇為的精怪插手教訓了那惡凡人，這才惹起騷動，咱們見他們身手靈活，便招募回來當作新兵啦！」

「嗯，好。」兔兒精點點頭，轉身往大廟裡走，廟中肅穆莊嚴，殿中擺著好幾張長桌，桌上鋪著幾張簡易大圖，那是此地敵我雙方的兵力配置圖。

一張長桌圍著幾名神仙，居中那穿著褐色大袍的高大神仙，便是這據點主神——岱宗。

岱宗身旁圍著幾個文官神仙，像是在商討戰情，身後站著五個大漢，那是岱宗麾下的五名大將杜平、李思、任安、孫立、耿彥正，合稱「五道將軍」。

兔兒精來到了長桌邊，見岱宗和幾名文官正推演戰情，找不著時機插口，他等了半晌，回頭看看，只見小猴兒、癩蝦蟆等精怪都在門外望著他，只好鼓起勇氣，又走上前幾步，喊了一聲：「岱宗大人……」

但岱宗和兩名文官神仙們正激烈討論著不同看法，一個說除非是雪山主營直接傳令，否則都應堅守不出；有的卻說要見機調度，隨時接應四處游擊的歲星、太白星部將。

「岱宗大人！」兔兒精又喊了一聲，他這喊聲略大了些，驚動了桌邊幾個神仙，大夥兒停下爭論，都看向他。

「呃……呃……」兔兒精惶恐地向岱宗轉述了鼴鼠精的話。

「……」岱宗只聽到一半，便皺了皺眉，揮揮手。

五道將軍中的杜平將軍沉聲喝著：「這種小事還來打擾岱宗大人，滾去幫忙整備晚上酒宴！」

「是……是！」兔兒精連忙轉身奔回廟門邊，搔了搔頭，低聲和鼴鼠精說：「你們也聽見啦，三個新夥伴就帶去農舍那兒幫忙好了。」

「裡頭那神仙就是岱宗？」賊仔見廟裡那些神仙神態跋扈，心中不快，本來想反駁稱自己可沒答應加入義勇軍，但又想狐兒似乎心意已決，此時若是得罪了一票精怪和神仙，對狐兒之後的處境總是不好，便氣呼呼地不說話。

爆爆倒覺得奇怪，不解地問：「剛剛裡頭說話那傢伙是誰啊？怎麼講話那麼奇怪，不向他們報告，又怎麼知道是大事小事？」

「閉口！」幾隻精怪聽爆爆這麼說，趕緊摀住了他的口。

剛才杜平將軍說話時，爆爆被精怪擠在後頭，也沒見到廟裡情形，只當說話那人也是精怪，他被幾隻精怪摀住了嘴巴，還不知道自己說錯了話，正覺得奇怪時，只見到那廟門飛出了一個大漢模樣的神將，正是剛剛那杜平將軍。

「剛剛那話誰說的？」杜平將軍飛在空中，冷冷地望著下方一票精怪。

「沒有……咱們都沒說話，大人您聽錯了……」精怪們連連後退，連連搖頭。

那杜平哼了哼，正要繼續追究，但忽然一愣，盯著寶裕，大聲說：「怎麼還有個凡人，你們幹了什麼好事？」

「報告大人……這凡人孩子的家人讓那北部順德神害了，他隨著精怪一路逃往南部，咱們見他一個小孩無依無靠，所以也帶了回來，等候秋草仙子發落。」鼴鼠精這麼答，一路上他們也差不多問清楚了三精怪和寶裕之間的關係和前因始末。

「等秋草發落？秋草又是什麼東西？」杜平扠著腰，瞪著眼睛斥罵：「把那孩子帶進來，讓岱宗大人發落，還有，剛剛那說話的精怪還不自己承認？要我動手揪出來？」

眾精怪聽杜平這麼說，都嚇得不知如何是好，他們擠成一團，你看看我我看看你，有些伸手去推爆爆，想將他推出去自首，爆爆渾身發抖，嚇得眼淚都落了下來。

終於，爆爆被推出了精怪堆，撲倒在地，伏在地上發抖哭泣。

杜平落了下來，望著爆爆，沉聲說：「你剛剛說什麼？再說一遍。」

「我……我……」爆爆滿臉鼻涕眼淚，同時不停吸氣，將自己身體吸得鼓脹起來，成了一顆大球。

「神仙大老爺啊，小山豬精爆爆只是個孩子，什麼都不懂，隨口問問而已——」賊仔躍出了精怪堆，攔在爆爆身前，也跪倒在地，說：「若是他說話得罪了神仙大老爺，我替大老爺教訓他啦——」

「你又是什麼東西？」杜平扠著腰，哼哼地抬腳一踢，將賊仔踢得翻了好幾個筋斗，摔回精怪堆裡。「那孩子呢？出來吧。」

「爆爆、狐兒，我們還是逃吧，他不像好神仙啊！」寶裕推開精怪，上前抱住了鼓成球狀的爆爆，將他往後拖。

「你、說、什、麼——」杜平聽寶裕那麼說，先是一愣，跟著眼睛瞪了老大，重重踏步走了上來。

突地一股黃光竄下，捲住了爆爆和寶裕，將他們捲起老高，眾精怪和杜平抬頭望去，見到是一個破袍神仙坐在廟簷上。

那破袍神仙搖動手指，拖曳著黃光捲著爆爆和寶裕在空中翻滾，一面嘻嘻笑著說：「這孩子我看還是讓這些精怪照料得好，他們要趕要留，之中的責任也是由歲星部將擔待。你拿這孩子也沒什麼用途，趕走了他在路上餓死，那傳出去總是不好聽，你說是吧——杜平大將軍。」

「……」杜平沒有反駁，似乎覺得那破袍神仙說得也挺有道理，但心中總是不悅，又說：「那出言不遜的惡精怪總該給我。」

那破袍神仙哈哈一笑，將嚇傻了的爆爆提到面前，左右看了看，說：「我瞧這小山豬精模樣挺逗的，留給老頭子我當寵物成不成？你要去想幹嘛？想斷他手腳、斬他腦袋、開他胸膛、挖他心肺五臟？我倒覺得小山豬講得挺有道理，沒向岱宗大人報告，又如何知道是大事小事？再不然以後老頭子我替你們過濾情報，是大事便往裡頭通報，是小事就讓老頭子我自個兒打理了成不成呀？」

「哼！」杜平讓那破袍神仙一陣搶白，一時間也不知該說些什麼，但又覺得剛才威風凜凜地出來訓誡這些精怪，卻空手回去，似乎面子上有些掛不住，便僵在原地，仍氣憤地瞪著爆爆，又瞪了瞪賊仔。他見賊仔也一臉忿恨地瞪著他，哼哼地罵：「你這精怪，你瞪什麼？你邪啦？啊？」

「杜平，你還在外頭吵什麼？還不回來——」岱宗的聲音從廟中傳出。

杜平這才不再怒罵，轉身飛回了廟裡。

一行精怪還愣在廟外，不知所措，那破袍老神仙向他們搧了搧手，示意他們別再囉唆，還將爆爆和寶裕拋了下去，藉著黃光輕托，讓他們安然落地。

爆爆嚇得身子都僵了，一時之間竟變不回原本的模樣，被大夥兒推著下山，一路往下坡滾，精怪們走過荒蕪田地，到了幾處廢棄農舍。

「剛剛那老神仙是誰啊，是土地神嗎？」寶裕回頭，望著後方那大廟，只見那老神仙還坐在廟簷上，像是也看著自己一樣。

「那是黃大仙。」一個精怪這麼說。

賊仔挨了杜平一腳，被幾個精怪攙扶著，他見離得遠了，這才推開扶他的那些精怪，冷笑著說：「原來這就是你們投靠的好神仙，我看比起前些日子那兩位大老爺還難伺候。」

「對啊……」寶裕出聲附和：「兩個神仙大老爺雖然傻傻的，但他們可不會亂打我們，頂多互相打架。」

「誰教你們多嘴！」

「你們若是想好好待在這兒，可別再胡言亂語，要是傳出去，可要害慘咱們啦！」

精怪們怪罪起賊仔和爆爆。

「哼，剛剛可是你們求我加入什麼義勇軍，我什麼時候答應啦，眞是好笑！」賊仔哼哼地說。

「賊仔哥哥……」狐兒拉了拉賊仔，哀求地說：「咱們便待上幾天，看看情形如何再做決定，好不好……」

賊仔莫可奈何，便也不再吭聲，來到農舍邊，隨地挑了個地方坐。

鼴鼠精走上前拍了拍賊仔，說：「猴老兄，你也別氣了，現在神仙誰也不信誰，今日的夥伴，到了明日就變成敵人，那岱宗神對我們有所顧忌，也是常情，反正我們直屬那歲星部將秋草仙子，等她回來接了咱們，便不用受那岱宗神的氣啦。你自個兒考慮考慮，到時候要走要留，再決定也不遲，現在凡間到處是惡神鬼怪，反正都是打，心中有個目標，打起來也不太害怕，你說是吧。」

賊仔也不答話，望著天空，此時天已黑了，濃雲密布，遙遙對望的兩座大廟，各自瀰漫著警戒氣息，賊仔悶著頭坐了好久，直到農舍旁的田地上燃起了營光，三十來隻精怪們燒烤起食物，狐兒捧了些食物來逗他說話，賊仔這才不再生氣，也來到營火旁，和大夥兒一起吃起燒烤。

「那些都是你的手下啊？」

賊仔望了望小猴兒，見小猴兒身邊還跟著六、七隻猴子精，有個猴子精還替小猴兒看管著那根鐵棒，像是小猴兒的小嘍囉一般。

「是啊，我是隊長。」小猴兒點點頭，向身後猴子精們喊：「來向新朋友自我介紹，說說你們的名兒！」

「我叫猴子！」「我阿猴。」「我是猴猴。」「我的名字叫猴弟。」「我也叫阿猴，剛剛那是阿猴一，你可以叫我阿猴二……」

「……我叫賊仔。」賊仔攤攤手說：「你們的名字太沒有新意了。」

「你的名字也好不到哪裡去，當猴總比當賊好。」其他精怪們打岔說：「你那小跟班還不是叫『狐兒』，咱們狐小隊裡也有兩個叫狐兒的，其中一個還是個母狐狸，嘻嘻。」

「眞的嗎？漂不漂亮啊？給狐兒當老婆好了，呵呵……」爆爆狼吞虎嚥吃著燒烤。

「老公、老婆都叫狐兒，很好玩吶。」

「那老狐兒的年歲可以做這小狐兒的曾奶奶啦，哈哈哈——」精怪們哈哈大笑著。

大夥兒玩鬧了幾個小時，吃飽喝足了，三十來隻精怪躺在田地上，望著天空，輪流說起自己的故鄉、自己的親人。

這些精怪有些是翩翩和阿關在北部山林招募而來，有些是這些天在南部募得的新夥伴，他們來自不同的山間河畔，但在此時卻都懷抱著同樣的夢想。

「以前我們互不認識，在不同的山上出生，在不同的樹上玩，在不同的溪邊喝水，但是抬起頭來時，看的卻是同一片天空和同一個月亮。」有隻精怪這麼說。

「今天雲多，看不到月亮。」

「看不到也好，聽說吶，那掌管月亮的太陰娘娘，現在也邪了，在天上虎視眈眈，就不知道什麼時候會降臨凡間啊。」

「嘩，要是月亮也邪了，那可怎麼辦啊？」

「呿，邪的不是月亮，是掌管月亮的神仙，眞笨吶你。」

「不知道阿關大人現在在幹嘛？眞想知道他現在在幹嘛！」

「可能在洗澡呱。」

「我是說他現在在北部的行動！他在北部的行動吶！」

「我問一下，如果你們到了洞天，第一件事想做什麼啊？」

「聽說洞天的水又乾淨又清涼，我要痛痛快快地洗個澡，在水裡游泳。」

「聽說洞天的樹比凡間的樹高出好多好多，我要爬上最高的樹梢，瞧瞧整個洞天到底是什麼樣子。」

「對！爬樹好玩，我要爬樹！」

「小猴兒你不怕摔死呱？」

「癩蝦蟆你眞是討厭，眞是討厭！」

「狐兒說洞天的果子吃完了又會長出來，我要躺在果子旁邊吃邊睡，整整吃上一個月。」

「嘩，小山豬弟弟你眞會享受——」

「如果是我的話……」

「……」

精怪們望著漆黑一片的天，有一句沒一句地閒聊著將來要是到了洞天，要如何如何地玩個痛快，無憂無慮、與世無爭地玩上一輩子。

07 最渺小的勇士們

這天黃昏，荒蕪田野吹起了風，一些乾枯葉子隨風捲動，颳過了賊仔和小猴兒的臉。

賊仔三手各自拿著一截甘蔗，小猴兒則是緩緩轉動著他那根鐵棒，兩隻猴精在一個由長繩圈成的圓形範圍內緩緩繞著圈圈，他們越繞越是靠近。

小猴兒率先發難，往前一踏，鐵棒也直直向前突刺而去。

賊仔側身閃開，小猴兒下一記突刺更快，賊仔不得不舉起甘蔗硬接，砰砰地接了幾記，三截甘蔗都給打斷，賊仔突然朝著小猴兒的臉面扔出手中的甘蔗殘根，小猴兒急急閃開，賊仔立時甩起尾巴，捲住了小猴兒那鐵棒另一端，小猴兒施力想將鐵棒抽回，但卻讓那賊仔借力翻到了自己面前，在小猴兒腦袋上敲了一拳。

「哇！」小猴兒挨了賊仔一拳，氣呼呼地掄動鐵棒，想將攀在鐵棒上的賊仔往地上砸，但賊仔順勢抓住鐵棒，揮動尾巴去捲小猴兒的腳，小猴兒不甘示弱，同樣甩著尾巴迎戰。

「嘩，他們鬥起尾巴來啦！」觀戰精怪鼓譟著，各自替支持的對象加油打氣。

小猴兒的手腳力氣較大，但一條尾巴不如賊仔靈活，纏鬥幾回合，給掃倒在地上，手上的鐵棒也給賊仔搶了過去。

「這回合小猴兒輸啦！」精怪們拍手大喊。

「沒輸！」小猴兒跳了起來，氣呼呼地嚷叫著：「我還沒落出圈圈，我還沒輸！」

「人家用甘蔗都贏了你的鐵棒，你還不認輸？」

「是啊，你快將你的隊長頭銜讓出來吧。」

「誰身上有符令通報秋草仙子一聲，說猴小隊有新隊長啦！」

「晚上得辦交接儀式了。」

「亂講、亂講！」小猴兒蹦蹦跳跳地不認輸，撲上賊仔纏鬥一陣，總算搶回了鐵棒，但低頭才發現自個兒早已踩出了界外，而賊仔還站在圈圈裡。

「我沒輸，再打一場！」小猴兒胡亂叫著：「我是隊長，我才是隊長！」

「隊長給你當沒關係，我當大王就好。」賊仔攤攤手說。

「什麼大王！」小猴兒跳腳說著：「這樣猴小隊的隊員要聽誰的？聽誰的？」

「好啊，一個隊長、一個大王，都不要爭了。」精怪們瞎起著鬨，故意逗小猴兒生氣。「猴小隊聽隊長、隊長聽大王的，這樣很公平吧。」

「別鬧了、別鬧了！」兔兒精遠遠地奔來，大聲喊著圍在農舍旁起鬨的精怪們。「秋草仙子傳來緊急符令，要打仗啦！」

「什麼！」精怪們全騷動起來，只見己方大廟上群神都出了廟，在廟外天際結成了陣式。

而另一邊，那血河大將軍的大廟，像是也發覺了這頭動靜，四周守衛的邪神將們也增加了不少。

「快、快！」小猴兒扛著鐵棒，調度指揮起來，這批守備精怪不過三十來個，平時負責幾處農舍據點的符陣布置，此時見大戰在即，大夥兒也趕緊抖擻了精神，在空地上集結成陣，但大都惴惴不安，此時林珊不在這兒坐鎮，也沒有白石寶塔，若是受了傷，可無法逃回塔裡躲藏。

「仙子怎麼說？什麼時候開戰？」精怪們問著那幾隻負責在廟中準備膳食的精怪們，為首的兔兒精說：「我……我也不大清楚，似乎是秋草仙子計畫發動總攻擊，要全力攻打秦廣王、初江王、伍官王聯合據點，仙子向各處據點都發出了符令，要大家兵分多路，同時襲擊敵人其他據點，好阻止其他敵軍去救援秦廣王那兒。」

「所以我們負責攻打對面的血河大將軍啦？」眾精怪聽兔兒精轉述，可都緊張地回頭。只見到對面那山坡上瀰漫著陣陣陰森邪氣，幾陣風吹過，一片樹林隱隱發出鬼嗥哭聲，像是一種警示威嚇。

同時，岱宗一方的兵馬已經全出了大廟，岱宗領著五道將軍居中，左右各有些文官神仙，後頭還有十來名天將，緩緩往農舍飛來。

岱宗一軍這麼一動，對面的敵方大廟立時便有了反應，一黑一紅兩大邪神竄出大廟，紅甲邪神腰間插著一雙短斧，便是那血河大將軍，黑袍邪神則是池頭夫人，兩個邪神之後，更有十數名邪天將高高飛起。

「嘩！真要打了……」精怪們緊張地轉頭又轉頭，不停看著前後敵我兩方的行動。

只見岱宗一軍只往前飛了一陣，才剛接近荒蕪田地，便又漸漸緩下速度，停在空中，半晌之後，有幾個文官神仙和四名天將動身飛來，在整列成隊的精怪陣前落下。

一名文官模樣的神仙有些心虛地說：「岱宗大人有令，精怪兵分四路，作為斥候探路，岱宗大人壓陣隨行。」

「什麼？」精怪們全傻了眼，彼此交頭接耳。那文官神仙提高了聲音說：「還愣什麼？快出陣啊！」

「報告神仙大人……」鼴鼠精上前鞠了個躬，向文官神仙說：「那邊坡地底下埋著邪神的鬼兵陣，先前便已知道了，咱們一行精怪不過三十來個，當作先鋒也只怕轉眼便給邪神殺了，只是平白損失。岱宗大人不如領著五道將軍連同天將，一齊出兵，上下夾擊，也不用猛攻，只要能牽制住血河大將軍，便也能阻止敵人去援閻王啦……」

「你這精怪懂什麼？」那文官神仙瞪著眼睛說：「叫你們出陣，你們就出陣，快去！這是神仙的命令！」

「什麼……」精怪們一陣騷動，個個不忿，卻是敢怒不敢言。

「不如我陪他們去吧……」一名天將上前，拍了拍腰間斧頭說，另一個天將也出聲說：「我也去。」

那文官神仙見這兒四名天將，有兩名要和精怪同行，連連搖手說：「不成不成，天將留下，守這防線，讓精怪探路先行……這……陣前作戰豈可不聽主帥號令！」

「哈哈哈哈——」一旁那穿著破袍的黃大仙突然仰頭大笑起來，這聲長笑聲傳數里。

「老……老黃，你笑什麼？」文官神仙像是被看穿了心思一般地怒瞪著黃大仙。

「剛剛你在廟裡說得一派正氣凜然，也說應當全軍出兵，游擊掠陣，牽制敵軍，怎地來到了這兒，見到對面險惡凶氣，又和岱宗意見一致，也讓精怪去打頭陣啦？」

「我……我……你別貧嘴多舌，若是岱宗願意出兵，那當然好，現在岱宗押著麾下兵馬不動，咱們也不能平白去送死啊。」那文官神仙這麼辯駁。

「是是是，你一身金軀貴體，當然不能平白送死，應當讓那些從山間、水裡、樹上跑來幫忙的義勇軍去送死最好不過了，既然如此，你還待在這兒幹嘛，怎麼不回廟裡去和岱宗同一個鼻孔出氣，幹嘛在這兒對精怪擺起神仙架子啊？這據點的主神是岱宗可不是你，精怪們也是歲星部將直屬手下，怎麼也輪不到你發號施令啊。」黃大仙邊說邊笑。

「老黃，你少酸言諷刺，我看你也只是滿口大話、假清高！你這麼偉大，便帶著精怪去打先鋒。」那文官神仙氣得破口大罵。

「不，我一點也不偉大、一點也不清高。」黃大仙又哈哈笑了兩聲，跟著搖了搖頭，長聲一嘆：「不久之前，你還時常說我輕浮無禮，那時候的你比我更清高百倍，可惜你現在眼睛紅褐褐的，很多事情都看不清了……」黃大仙這麼說完，轉頭走向精怪，伸手一招，高喊著：「走吧，咱們去替岱宗大人探路打先鋒啦——」

精怪們聽黃大仙這麼說，心中都是一驚，有些望望那文官神仙，只見那文官神仙雙眼果然變得混濁暗紅，一雙手滿布青筋，指甲尖長。若是留下，也不知這神仙和在後方高空上的岱宗一軍會做出什麼事來，他們見黃大仙大步往前方走去，也只好趕緊跟上。

有些精怪上前拉了拉黃大仙的破袍大袖子，害怕地問：「黃大仙爺爺，咱們……咱們真要去送死啊？不去成不成？」也有的說：「難道岱宗大人邪了？那咱們還打什麼，還是逃吧……」「是啊！咱們得逃出去將這消息通報給秋草仙子。」

「一群蠢蛋，要逃的也別急。」黃大仙低聲斥喝，說：「跟著老頭就對啦，等走遠點，大家見機行事，要逃的自個兒想辦法，前頭是鬼兵陣，後頭是岱宗大帝，老頭子我自身難保，各位朋友便各安天命啦，哈哈……」

一行精怪手足無措，全跟在黃大仙身後，一路來到了兩方勢力的分界大道邊，只見對面山坡上幾處小廟上的邪將已經舉起了兵刃，四周凶氣更盛了。

黃大仙踏上大道，雙手一張，破袍隨風飄揚，身上黃光滾動，一嘴鬍子都飄了起來，他一面大笑，一面往山坡走去。

「大仙爺爺！」精怪們追了上去，拉著黃大仙的袖子說：「怎麼你叫咱們找路逃，你自己卻往前啊。」「難……難不成大仙爺爺要投降啦？」

「放屁！」黃大仙哼哼地罵著說：「我不拖著敵人，你們怎麼找路逃？況且這次各地據點一齊發動總攻擊，若是我們這兒沒能跟上，大戰出了差錯，累得兩星部將白白犧牲，到時西王母一路攻來，所有神仙也是死路一條。老頭我這些日子下來也很累了，那些多年朋友一個個反目成仇，可比死還慘，我跟這血河大將軍不熟，死在他手上，那也罷了，哈哈哈——」

「啊，大仙爺爺……」精怪們見黃大仙一邊說，已經走到了大道對面，都不知所措，左右看看，長道蜿蜒，兩邊丘陵坡地像是能逃，卻也不知道後頭有沒有鬼兵埋伏。

「神仙老頭，我陪你好啦。」賊仔哼哼一叫，跳了過去，還揮手在黃大仙屁股上重重一拍。

「唉喲，你打我屁股幹嘛？」黃大仙先是一愣，低頭斥罵。

「我打你屁股你也不發怒要殺我，可見你真是好神仙，我這一路上碰到的神仙，不是壞神仙就是瘋神仙，再不然就是像土地神那樣的傻神仙，你是我唯一見到的一個好神仙，看在你幫過我朋友的份上，我幫你宰幾個嘍囉鬼好了。」賊仔這麼說，他生性重義，那黃大仙先前曾幫過爆爆和寶裕，賊仔此時便也無法坐視黃大仙隻身赴死。賊仔邊說，還扭扭頭、甩甩手，一副準備打架的模樣。

「賊仔哥哥——」

「等等我們——」

狐兒、爆爆和寶裕追了上去，也跟著賊仔走。

賊仔苦笑了笑說：「嘿，你們三個，我話先說在前頭，我照顧了你們這麼多日子，現在要打仗了，前頭的敵人看起來比順德神那些屍鬼還凶，大家自己照顧自己啦！」

「開什麼玩笑！」小猴兒揮了揮鐵棒，也追了上去，叫喊著：「賊仔，別擅自行動，聽隊長號令啊，快擺突擊陣！擺突擊陣！」

小猴兒這麼喊，身後幾個猴小隊的隊員都跟了上來，左三個、右三個，將小猴兒圍在陣中，在小猴兒的號令下，這小小的突擊陣趕到了黃大仙前方，緩緩往前推進。

突然聽見上方發出一陣尖嘯，整片坡地紫氣騰升，是鬼兵陣發動了。

四周坡地隆動起來，青草翻起，土石鬆動，一些惡鬼自土裡爬了出來。

「小猴兒，你別和那新猴子比豪氣了啦，快回來！」精怪們追到了坡地邊，喊著小猴兒，但見小猴兒硬扛著隊長身分，不願被賊仔比了下去，怎麼也不回頭，只好都跟了上去，有的大聲說：「咱們剛招募了新夥伴，外加一個凡人小孩，怎麼反過來變他們打仗、咱們逃跑，這說得過去嗎？」

一行精怪追上了黃大仙，各自依照平時演練，結成了數個攻防小陣，將黃大仙守在中央，只見四周鬼兵一個一個破土爬起，緩慢地往黃大仙圍來。

那些鬼兵們慢慢包圍至黃大仙和精怪陣約莫三公尺處，動作突然加快，一個個狼撲虎躍地同時發動攻擊。

只見黃大仙吆喝一聲，不知從哪兒變出了把拂塵，左右揮了揮，掃出千絲萬縷閃耀金光，將那些擁來的鬼兵們的眼睛刺得發疼，鬼兵們摀住了眼睛，嗥叫起來。

「突擊突擊突擊——」小猴兒怪叫一聲，高高躍起，掄動鐵棒，砰地砸在一個鬼兵腦門上，將那鬼兵砸得撲倒在地，後頭的猴小隊隊員們也跟著搶上，木棒、爪子、利牙、拳腳、尾巴什麼的全用上了，痛擊那些摀著眼睛的鬼兵們。

精怪們小心翼翼地守著黃大仙的金光陣，一見鬼兵闖來，讓金光掃得刺眼，便趁機上前突襲一番。

寶裕根本不能打，只隨地撿了幾枚石頭，緊緊抓在手裡，和爆爆緊貼在一塊兒。

上空一陣狂嘯，一個白髮邪神挺著砍刀殺來，手一揮便是幾道紅光，直直打向黃大仙。

「小心啦，敵方大將來啦，大家各安天命、要逃現在還來得及！」黃大仙大聲喝著，也飛了起來，揮動拂塵甩動金光接戰，彈開邪神射來的紅光。

邪神高舉砍刀，接連劈了數刀，都讓黃大仙放來的金光拖偏了刀勢，拂塵放出的金光雖不具殺傷力，但卻如流水一般斬不斷，沾著了身上又像是糨糊一般難以甩脫，且十分刺眼，邪神怒喝連連，卻仍然無法逼近黃大仙。

上方兩座小廟的守將邪神，也各自飛來夾擊，底下的鬼兵們仍持續進攻，黃大仙的金光陣漸漸縮小，精怪們不住地後退，全擠成了一塊。

兩個飛來的邪將左右突襲，卻又讓兩道光芒逼開，轉頭一看，竟是四名天將。

「大仙，咱們也來幫忙！」

那四名天將舉著短斧、大劍疾飛而來，兩個在天上和邪將捉對大戰、兩個落下去支援精怪，在黃大仙金光掩護之下，天上兩名天將游刃有餘地對付三名邪將，落下地的天將則在金光陣外來回斬殺鬼兵，金光陣裡頭的精怪們便得以喘息，盡力死守。

就這樣僵持了一陣，坡地上方的敵軍大廟黑氣騰升，一個黑袍長髮的邪神衝出大廟，往黃大仙那兒直衝殺下，臉孔凶厲可怖，雙手成了銳爪，便是池頭夫人。

「厲害的來了，大家注意啦——」黃大仙鼓足了全力，拂塵在空中猛力掄甩，甩出金光洪流，衝倒了四周鬼兵，跟著拖曳那金光洪流，卻不是去打池頭夫人，而是團團捲住了己方精怪，跟著向後退去。「大夥兒耗費時日建成的守禦防線，不用是白不用，退——」

池頭夫人凶暴地殺下，卻被四處流竄的金光絲線拖慢了速度，加上四個天將斷後掩護，黃大仙一行又退回了分界道路之後，往田野農舍這頭撤退。

那還在農舍附近發愣的幾個文官神仙，見黃大仙竟將敵軍往這兒引來，可是又驚又怒，只好轉頭往己方大廟逃跑。

「臨陣脫逃，該當如何？」岱宗居高臨下，望著田野上那幾個本來苦諫要他出陣，但此時卻又掉頭逃跑的文官神仙。

「死罪。」杜平應了一聲，跟著領了同是五道將軍中的李思、任安兩將軍，急速飛下，各自攔下一個文官神仙，二話不說，舉刀便砍，幾刀便斬死了這些文官神仙。

「哇！」退入農舍區域的精怪們，見到逃跑的文官神仙竟被岱宗手下給斬了，可都大驚失色。

岱宗神色淡然地向底下的黃大仙和精怪說：「先鋒軍聽命，死守防線，後退者斬。」

「不用你說，我們知道！」黃大仙在底下拔聲大笑，捲動拂塵，將精怪們拋到了幾間農舍間，那四名天將守著黃大仙飛到農舍上方，眼見對面那鬼兵們凶猛地奔過大道，朝著農舍直衝而來。

池頭夫人領著三名邪將也凶猛地飛衝而來，也不理會這農舍四周是否有符術機關，什麼也不顧地直取黃大仙。

「回到咱們地盤啦，給那些惡鬼點顏色瞧瞧！」精怪們氣喘吁吁地向幾處土窯奔去，點燃裡頭的乾木，火焰順著引線燒出土窯，引線快速燃燒，如同骨牌一般地向四周擴散。二十來條火線在荒蕪的田地上蔓延，每條火線的盡頭，都是一個陶瓷罈子，陶瓷罈子引了火，罈口發出金光，二十來條火線連同末端的罈子，在荒蕪的田地上，結成一個巨大符陣。

那些殺來的鬼兵們，可讓這符陣照映得頭昏眼花，忿恨吼叫。

「哈哈，知道厲害了吧！」精怪們高聲歡呼，但他們數量太少，也無法全力突擊，只好守著農舍四周幾處符陣中心的土窯，將那些試圖靠近土窯的鬼兵打退。

而農舍上方，黃大仙領著四名天將，大戰池頭夫人和三名邪將，在符陣助威之下，反倒是佔了上風。

啪的一聲，一處陶瓷罈子爆了，符陣出現了一處小缺口，那是鬼兵們集中攻打的結果。

然後鬼兵也不再胡亂往土窯衝，而是集結成數隊，集中攻打那些發出金光的陶瓷罈子。

「別讓鬼兵得逞，咱們也上！」精怪們眼見鬼兵們開始破壞符陣，便也分成數隊殺去游擊，阻止鬼兵攻勢。

啪啪啪——

突如其來的幾聲爆碎聲音，是後頭數個陶瓷罈子破了，眾精怪駭然回頭，破壞罈子的竟是杜平、李思、任安。

「大仙爺爺，五道將軍在破壞我們的符陣呱！」「他們果然邪啦！」精怪們驚怒交加。

「哈哈哈哈，岱宗——」黃大仙回頭，見到五道將軍中的三名將軍竟在符陣後方破壞，仰頭瞪視後方空中的岱宗，怒極反笑，大聲喝著：「我只當你邪了之後，貪生怕死、自私自利、顢頇無能，原來你早有盤算，成了西王母的內鬼！」

「原來岱宗投靠西王母啦。」

「難怪他要咱們去送死，他想繼續做內鬼！」

「可惡的老王八羔子岱宗呱呱！」

精怪們破口怒罵，卻又無計可施，五道將軍可比鬼兵厲害太多，轉眼間又給打壞了數個陶瓷罈子，這符陣威力頓時減弱許多。

精怪們且戰且退，又退回了農舍附近幾個土窯旁，那是符陣的命脈，若是土窯毀了，符陣便也瓦解了。

杜平殺到了一處土窯邊，一刀便斬下一隻精怪的腦袋，他左顧右盼，像是在找尋什麼，跟著，他嘿嘿笑了，他找著了——

那曾出言頂撞他的爆爆。

爆爆和寶裕縮在土窯邊，見到杜平持刀過來，都嚇得不知所措。

一個飛影掠來，抱著杜平的腳，一口咬下，是賊仔。

賊仔動作敏捷靈巧，才剛咬了杜平小腿，立時又甩動尾巴，捲上杜平持刀那手，跟著三手緊抓著杜平的手，想要搶刀。

但杜平終究是天庭神將，一隻精怪無論如何，是不可能搶下他手中大刀的，他揪住了賊仔頸子，猛地將賊仔扯開，重重砸在地上。

「哇──」賊仔只覺得身子幾乎要給摔散了，但隨即而來的，是那杜平一記重踏，轟隆地踏在賊仔身上，將賊仔身子給踩扁了半邊，眼耳口鼻都淌出了血。

賊仔望著天空雲朵，只覺得天旋地轉，連身上的疼痛都感覺不到了。

杜平抬起腳，對準了賊仔的腦袋，準備踩下，但一陣紫霧熏著了他的眼睛，他憤怒轉身，是狐兒，狐兒奮力飛躍游鬥，將杜平引了開來，正想著下一步該怎麼辦，便讓杜平攔腰砍了一刀，他在刀來時已經試著閃避了，但還是沒能完全閃開，胸口至腰腹給斬出了一條大口子。

「壞神仙！壞神仙！」小猴兒領著猴小隊擲來幾枚石頭，跟著一擁而上，要和杜平拚了。

杜平高舉大刀，要斬小猴兒，卻讓遠處黃大仙甩來的一道黃光捲倒在地。

「賊仔哥哥──」爆爆淚流滿面地抱起了賊仔，見到賊仔身上癟去了大半邊，嚇得嚎哭起來。

另一邊，寶裕也在混亂中，將狐兒給拖了回來，狐兒身上被血染得通紅一片，氣若游絲。

此時黃大仙眼前的敵人除了池頭夫人、三名邪將之外，還多了五道將軍中的孫立和耿彥正，身邊兩名天將已經戰死，剩下兩名天將皆已重傷，他自個兒也受傷不輕，眼見前方敵方大廟那血河大將軍已經率領一批邪將緩緩升空，像是要去援閻王了，身後岱宗也領著十名天將飛來，像是要替這場大戰收尾了。

一些還在苦戰的精怪眼見毫無勝算，只好抱頭奔逃，但此時四面八方都是鬼兵，岱宗一方的天將和五道將軍遍布田野，精怪們也不知要往哪裡逃。

「可憐的精怪啊，可憐的孩子啊，能逃便逃，不能逃便躲起來吧，各安天命呀——」

黃大仙悲憤大喊，揚動拂塵，放出萬千流光，噗地打滅了一處土窯裡的火，跟著流光一捲，將寶裕、爆爆、賊仔、狐兒都捲進了土窯。黃大仙也不顧眼前敵手了，拂塵金光所到之處，全是去救那些四處受困的精怪們，將一些受了傷的精怪掃入農舍中、捲進土窯裡，土窯經過流光一掃，不但火滅了，且冰涼一片，那些土窯和農舍本身經過施術，窯體結構一時之間也無法被破壞。「誰教蒼天無道，莫可奈何——」

「賊仔哥哥……狐兒……」爆爆和寶裕在土窯裡，見到賊仔和狐兒傷得這麼重，都驚駭大哭。

土窯之中回音極大，本來昏了的賊仔被爆爆和寶裕的哭聲驚醒，恍惚之中，聽見土窯外頭殺聲震天、見到鬼兵漸漸逼來，便拖著癟去半邊的身子，要往洞外爬，喃喃說著：「順德神的屍鬼好煩吶……我去引開他們……順便找點吃的……」

「賊仔哥哥，我吃飽了，我不餓……」爆爆流著眼淚，挪動身子，擋住了土窯洞口，他一面哭，一面猛地吸氣，讓身子膨脹起來，堵住了土窯整個洞口。「這樣他們就找不到我們了……」

土窯中漆黑一片，只聽見寶裕和爆爆的啜泣聲。

「你們哭什麼？咦？好痛啊……」賊仔意識模糊，說了幾句話，便咳了起來。「這裡是哪裡？」

「這裡……」爆爆胡亂說著：「是……是冰箱，我們躲在冰箱裡……」

「對啊……」賊仔虛弱應著。

「我們……來編故事好不好？」狐兒突然開口。

「說什麼故事？」寶裕問。

「隨便說……什麼都行……」狐兒笑著答：「我先說好了……假裝我們現在已經在洞天了，四周有好多好美麗的花兒，有好多好吃的水果……賊仔哥哥用尾巴捲著樹枝，倒吊地……掛在樹上；寶裕……寶裕在溪水邊，抓魚呢；爆爆……爆爆……躺在草地上……吃著果子，果子吃完了又會長出來，又香又甜，爆爆已經吃了……三天了，哈哈……還有……還有我……我……」

「還有你呢？」爆爆問。

「我……」狐兒聲音更低了，咳了兩聲，說：「我想一想……」

「賊仔哥哥，換你講了……」爆爆喊著賊仔，卻得不到回應。

他們很仔細地聽，已經聽不見賊仔的呼吸聲了。

寶裕輕輕摸著賊仔的手，嗚嗚又哭了起來。

跟著，狐兒的身子也軟綿綿地倒下，倚在寶裕身上。

「寶裕、寶裕你不要一直哭……陪我聊天！」爆爆抽噎著說：「換你說故事了，快說故事給我聽，不然有點痛……」

「說……說什麼故事？」寶裕說：「還有你爲什麼會痛？」

「我吸飽了氣，身子變成球，就感覺不到痛了，不怕壞人打我，我這樣堵著洞口，那呵呵……」爆爆想了想，說：「我們來說生日的故事……你有過過生日嗎？」

「嗯，有啊……」寶裕想了想：「去年生日，我爸爸媽媽買了好大的蛋糕給我，姊姊也送我一個小玩具。」

「蛋糕？」爆爆好奇地問：「是哪一種蛋糕啊……啊，有鬼兵在踢我屁股，痛死我了！」

「是……是冰淇淋蛋糕，冰冰的……」寶裕挪移身子，來到爆爆身邊，握住了他的手，說：「乾脆我們出去跟壞人拚了……幫賊仔哥哥報仇好不好？」

「不行……我打不過鬼兵，你也打不過，我們一出去馬上就死掉了，還是在這裡講生日的故事……」爆爆吸了吸鼻子。「我上一次生日，我媽媽做了個好大的包子給我，好好吃啊……哼！壞順德、壞神仙……亂殺我爸爸媽媽，我的生日都快到了，今年吃不到大包子了……對了，你吃過幾個生日蛋糕啊？」

「我……我忘了耶，好像是兩個還是三個吧……」寶裕這麼說。

「哈哈，那你要叫我哥哥！」爆爆笑著說：「我吃過四次大包子，如果今年也能吃到……我就五歲啦，以前媽媽說，五歲的精怪，就不能隨便亂哭了……唔，好痛！」

「不對啦……」寶裕說：「我七歲了，我才是哥哥。」

「好痛喔！」爆爆終於忍不住哭了，吸著鼻子說：「寶裕……如果你出去了，記得要將賊仔哥哥還有狐兒哥哥埋起來……把我跟他們埋在一起好了，記得要埋點果子在土裡……」

「你不要亂講！」寶裕茫然地說：「賊仔哥哥他們……可能只是睡著了……你們不是精怪嗎，應該沒有那麼容易就死吧？爆爆！爆爆！是不是外面有人在打你？我們出去跟他們拚了！」

「嗚……嗚嗚！」

爆爆緊緊抓著寶裕的手，邊哭邊說著一些關於食物、關於生日蛋糕、關於他爸爸媽媽、關於他剛出生不久，狐兒便帶著他在溪邊抓魚吃的事兒。

再跟著，漆黑之中，只剩下寶裕的嗚咽聲了。

□

「那是什麼？」

岱宗愣了愣，見到對面大廟之後，發出了陣陣耀眼光芒。

出發救援閻王的血河大將軍，竟又給逼回了大廟。

逼退血河大將軍的神將，身型高壯，一身戰甲，白鬍飄揚，揮掄著一柄大砍刀，一刀斬下一個邪將腦袋。

是太白星帳下第一戰將——茄苳公。

跟著大廟另一邊也竄起一個青甲大將——花螂，他兩柄大鐮刀交叉亂斬，也斬死了一個邪將。

血河大將軍雙手持劍，驚愕大戰，眼前飛來一個少年小將張口一喝，迎面嘯來一記尖吼，吼得他頭昏腦脹；跟著右手邊一記流星光箭射來，射在他胳臂上；還沒反應過來，左邊又便打來一團火，燒上他半邊身子。

是百聲、九芎、螢子。

「快來幫我——」血河大將軍駭然朝著田野這頭逃來，背後又中了九芎三箭，跌落下地，被茄苳公一刀斬死。

「是太白星部將，他們不是聯合歲星部將，全力攻打閻王嗎？」岱宗驚愕問著左右文官神仙，那些文官神仙也沒一個答得上來，只聽見對面坡地傳來的殺聲更大了，一邊是綠眼狐狸和老樹精爲首的精怪援軍，另一邊是地瓜等土地神率領的虎爺們，精怪和虎爺兵分二路，一路往田野這兒殺來，一路往坡地上方攻去。

牙仔經過數次大戰，經驗豐富許多，儘管身型仍小，但仍搶在最前頭，四處掠陣打先鋒，阿火居中衝鋒，一爪便能扒倒一隻鬼兵。

「閻王好難纏……咱們來遲啦！」綠眼狐狸和老樹精則領著精怪殺入田野，四處搶救那些奄奄一息的精怪。

「怎……怎麼辦，岱宗大人，太白星部將攻來了，咱們要退還是要打？」一個文官神仙這麼問。

「快除了那老頭，別讓他搬弄是非，這些精怪能殺多少就殺多少，別讓他們多嘴，誘那些太白星部將過來，一個一個除掉！」岱宗慌亂下令，也不知行不行得通。

他卻不知底下的黃大仙早已戰死在農舍之中，但死前卻以拂塵纏住了池頭夫人和幾個邪將，使得他們一時間無法脫身。

五道將軍四處搜尋那些土窯和農舍，殺了不少精怪，小猴兒並未躲在土窯裡，而是領著猴小隊四處游擊躲藏，因而逃過一劫，鼴鼠精和兔兒精也從一處地洞裡鑽出，見到綠眼狐狸帶著援軍趕來，高興地大喊：「綠眼狐狸，我們在這兒！那岱宗邪啦，他投靠西王母啦……」

兔兒精還沒喊完，杜平便持刀追來，當頭就要往兔兒精腦袋斬去。

噹的一聲，杜平手上那單刀卻彈開了手，是讓一記光圈給打落了的。

「啊！這是……」兔兒精和鼴鼠精一見那光圈彩光，立時驚叫起來：「翩翩仙子！」

他們還沒喊完，天上便射下了一道又一道的光圈，四處打向那些天將和五道將軍。

底下李思給光圈砍了一記，氣憤怒喝，便要飛上天去找那發光圈的傢伙，但只見前頭精怪堆中，躍出一個胖壯青年，掄著重鎚衝來，是福生。

「你……你是歲星部將！」李思駭然之餘舉刀迎戰，沒兩下便讓福生重鎚擊倒嘔血。

另一邊，五道將軍中的任安，也被突然殺出的青蜂兒砍下了一條胳臂，跟著連腦袋也給斬下了。

「岱宗，你現在可有話說？」

岱宗聽見了這聲音，駭然地轉頭，竟是林珊，林珊左右還跟著飛蜓和若雨，更後頭，一批天將已經佔下了岱宗據點大廟。

「妳……秋草……你們不是在攻閻王？你們已將閻王攻下了？」岱宗駭然地問。

「攻閻王是假，攻你才是眞的。」飛蜓不等林珊回話，呼嘯一聲急急竄去，一槍刺進一個距離較近的文官神仙肩頭，跟著一槍將那文官神仙砸落下地。

岱宗可是大驚失色，轉身就逃，五道將軍中的孫立和耿彥正則是舉刀去迎戰飛蜓，但不出一會兒，便讓飛蜓打落下地，被底下的精怪持著捆仙繩給綁了。

另一邊，岱宗還沒逃遠，只見又一個飛天神仙攔在眼前，那神仙蒙著臉，雙手持著一雙短刃彎刀。

「啊，你們看！」底下的精怪們見到蒙面神仙，都呼叫了起來：「是翩翩仙子啊，她從洞天回來助陣了！」「她爲什麼蒙著臉啊？」

翩翩不等岱宗答話，倏地飛竄衝去，岱宗拔劍來擋，卻給翩翩一刀將他那劍給打飛，跟著回身一腳，也將岱宗打落下地。

底下等著許久的小猴兒見了，尖叫著躍出，一擁而上，領著兩隻負傷小猴照著那岱宗全身亂打，小猴兒的鐵棒在亂戰中給打落了，此時撲了上去，張口就咬。

「好了好了！」若雨落下，揮手想趕那些猴兒精，但小猴兒仍是哭紅了眼，忿恨尖吼著撕咬岱宗的身子，將岱宗咬得渾身浴血。

「殺死你這壞神仙、殺死你、殺殺殺！」他的猴小隊戰死一半以上。

田野上，岱宗等反叛神仙全給押在地上，農舍裡的池頭夫人和邪將們掙脫了黃大仙的法術，本想要伺機逃跑，但仍然給歲星部將們找著，將他們一舉成擒。遠方太白星部將們，也押著那些投降的邪神們飛來會合。

「咦？」若雨在一處土窯邊聽見了哭聲，低頭望去，那土窯洞口塞了個血淋淋的東西。

她費了好大的勁將那東西拉出，嚇了一跳，竟是個死去的小山豬精。小山豬精的後背滿是劍傷、爪痕，兩條後腿都給砍去了。

「裡頭還有誰啊？」若雨低頭望去，只見到漆黑之中，竟有個涕淚縱橫的凡人小孩子。

「爆爆——」寶裕被救出了土窯，見到爆爆的屍身，哇地尖聲哭吼起來，身子一軟，便暈了過去。

08 祈禱美夢成真

「來，乾——」阿泰醉醺醺地舉著啤酒罐，和福生乾杯，然後咕嚕嚕地猛灌。但他只灌了三分之一罐啤酒，福生便早已喝乾一罐，一手捏扁，還又開一罐，咕嚕一口又喝乾。

「哇塞！」阿泰翻了翻白眼，只覺得腸胃翻騰，他拍了拍胸口，望著福生說：「沒見過雙重乾杯的，你都喝不醉嗎？」

「我是神仙呵。」福生這麼說，又開了一罐喝下。

阿泰望望身邊，見一箱啤酒喝得差不多了，便點點頭，抓起福生的手和他擊了掌，說：「哎，都被你這貪喝鬼喝完了，看來我們這次是無緣分出高下了，嗝！」

「要酒多的是呱！」癩蝦蟆從白石寶塔裡探出頭來，拋了一罐啤酒給福生，且也拋了一罐給阿泰。

「靠……」阿泰手中那罐啤酒還剩一半，按著胸口，又看看癩蝦蟆拋給他那罐啤酒，再看看福生，福生剛接著的啤酒，又喝光了。

阿泰便將自己那未開的啤酒拋給福生。「你口渴，讓你喝，來，再乾！」他用自己手中那半罐啤酒，又和福生乾杯，他終於奮力喝完半罐啤酒，長長吁了口氣。

只聽見呱呱兩聲，癩蝦蟆又探出頭來，這次扛出一整箱啤酒。「猴孫泰愛吹牛又死不認輸，象子大人，灌死那隻人猴子！」

飛蜓離白石寶塔近，順手就接過了那箱啤酒，整箱托給福生。

福生接了，重重放在阿泰面前。「來——」

「……」阿泰吁吁喘著氣，瞪著癩蝦蟆，氣呼呼地拆開紙箱，拿出一罐啤酒，啪地打開。「來就來，怕你不成！乾！」

「好吵喔你們……」阿關在一旁皺了皺眉，又興致盎然地問著青蜂兒等那晚大戰的事。「所以那個時候你們已經知道伐出宗想造反，才故意設局騙他嗎？」

「嗯，一半一半吧，主要是打血河將軍。」青蜂兒答：「伐出宗那據點十分重要，關係到後方好幾處後援據點，加上血河將軍又離得近，秋草姊早就想打下血河將軍那兒了，只是苦無機會。那段時間傳去給伐出宗的符令，不是收不到回應，便是草率敷衍，所以咱們早也懷疑他是否邪了，但在這時期，神仙之間可很忌諱隨意說對方邪了，秋草姊只好想出這計，聯合太白星部將，假裝突擊閻王，逼得閻王放出求救號令後便馬上轉攻血河將軍，咱們一行蟲仙速度飛快，一下子便殺到血河將軍老巢了，若是那時岱宗正傾全力攻打血河將軍，那咱們也省得輕鬆，一齊幫忙就是了，但他果然反叛……那也沒辦法了……」

阿關點點頭，知道自己在大戰方留文這段時期，精怪們在南部也是經歷許多苦戰，犧牲了許多同伴，不免有些感傷。「對了，那個小孩後來怎麼了？」

青蜂兒答：「那小孩當時躲在土窯裡，三個精怪夥伴接連在他面前慘死，打擊太大了，秋草姊便用御夢術清空他這段時間裡的記憶，我們在北上和你會面前，順便將他送去了警察局，秋草姊還另外施法封去了他的陰陽眼，以免又見到一些稀奇古怪的東西。」

「嗯，這樣也好……」

阿關知道寶裕的年紀和小強差不多大。

寶裕在歷經了一場奇異冒險之後，最後終於回到了家，和恢復正常的爸爸媽媽和姊姊一家團聚。回到家的寶裕，似乎轉了性，不再像以前那樣頑皮，也變得安靜許多，他有時會望著窗發呆，他總覺得窗外似乎有著東西，似乎是他熟悉的事物，似乎是他生命中的一個段落，雖然他想不起來少了什麼，但總是感到些許的窩心和悲傷。

窩心的是相遇，悲傷的是離別。

當然比起更多人，好比雯雯，甚至是死去了的小強，比起賊仔、爆爆、狐兒，寶裕已幸運太多。

「哈哈哈，看猴孫泰那醜樣子！」精怪們聚在白石寶塔塔頂上，都望著外頭阿泰和福生拚酒，醉得胡言亂語起來。

「去洞天！去洞天！」小猴兒在塔頂上一棵樹上上下下盪著，四周都有著精怪嬉戲打鬧，他們在南部數戰，被神仙們嚴格管束，心中怨恨，且還漸漸受了惡念侵襲。

回到了北部，阿關性情隨和，還替他們清除了惡念，此時北部可沒西王母那種強悍大邪神，數天休息下來，像是度假一般，開心極了。

更讓他們開心的是，在阿關的要求之下，神仙們答應若有機會，可以提前讓大夥兒上洞天逛逛，所有的精怪們都因此而振奮不已，連日來的苦難死別，也漸漸拋諸腦後了。

「鼴鼠兒，你去了洞天，第一件事要幹嘛？」小猴兒問樹下的鼴鼠精：「第一件事！」

「當然是悠閒地到處逛逛，欣賞美景啦，等咱們打完仗，長住洞天，想待多久就待多久，急什麼。」鼴鼠精嘿嘿笑說：「我會找個喜歡的地方，挖個舒服的地洞當作我的小基地。」

「替我也挖一個。」兔兒精啃著蘿蔔說。

「眞是平凡，我到了洞天，要翻筋斗，翻好多好多筋斗，連翻三天三夜。阿關大人說洞天的草非常地軟、我還要在樹上蓋小屋、我還要吃好多好多果子……」小猴兒興奮地說，他越說越激動，倒像是明天便要上洞天了一般。

小猴兒的高亢情緒感染了所有精怪，大夥兒都七嘴八舌地談論起若有那麼一天，大戰結束時，自己進了洞天之後的情形。

精怪們舉杯慶祝、大聲唱歌，即便他們知道未來還要面對數不清的艱困苦戰，要面對許許多多的生離死別，要流好多的血和好多的眼淚。

但在這一刻，他們都相信美夢一定會實現。

當他們閉起眼睛的時候，彷彿眞的見到了那美麗如畫的草原和天空，吹到了那個與世無爭的仙境裡那無憂無慮的風。

就像狐兒在漆黑的土窯裡見到的景象一樣。

《太歲外傳‧奇異旅程》全書完

後記

在這則番外篇故事裡，使用了和《太歲》本傳故事中稍稍不同的敘事觀點，整篇故事大致上都是以精怪的視角進行著。

故事中對正神一方有利的捷報，往往是犧牲了許多小精怪、無名天將、無名神仙所換來的。（當然還有跟螞蟻一樣多的「妖兵」、「鬼兵」、「惡鬼」、「邪將」等等便先略過了……）

在《三國演義》裡，時常可見「先遣老弱殘兵佯退誘敵，再使精銳半途襲敵」這樣的戰術。在許多電影裡，兩軍交鋒時，前鋒往前衝鋒，敵方一片箭雨淋來，人便劈里啪啦地死去一片，我有些好奇那些被分配在一些必死隊伍裡頭角色的心境、感受究竟如何。

因此有了這一篇以小嘍囉視角爲主要敘事觀點的番外篇故事，敘述這些精怪們也和人類一樣地經歷了許許多多的生離死別，在一場大戰中，即使死去了的是一個不起眼的小嘍囉，那個小嘍囉的親人摯友，一樣會感受到椎心痛楚。

當然，相較於現實世界裡的戰爭，故事裡可以將一些不美好的事物全推託給惡念，簡化地將那些安排出「殘忍戰術」的大將神仙們視為「別怪他們，因為他們也邪化了」，以迴避一些更大的人心矛盾、是非情理等，顯然是溫馨、童話許多了。

再來我想聊聊大長篇故事的收尾形式。

我能明白在閱讀完一篇大長篇之後的心情，那就像是和一整個世界道別，和許許多多熟悉了的朋友們說再見。當我自己以讀者身分合上一些大長篇名著時，也會有著同樣的感傷和空虛。

在多年前《太歲》網路連載結束之後，讀者朋友們對於《太歲》的「續集」、「前傳」、「番外篇」等等要求便從未間斷過，我想這應該是對一部成功長篇故事的一種肯定。

但以《太歲》的故事設定架構而言，「續集」「前傳」「番外篇」的寫作空間其實是非常小的，因為《太歲》的故事設定是封閉的，所有事件始末和那種山雨欲來的氣氛，都是建立在「太歲鼎爆發、惡念降世」之上，但太歲鼎不會再爆發一次（那多怪啊，變成鬧劇了），因此也不會有續集的空間。

偶爾也會有讀者反應故事結尾平淡的問題，而我自己則相當堅持《太歲》在結構上是「完整」的。（應該說，若是看完了故事覺得不好看，那是作者整體寫作功力的問題，和結構完不完整是無關的。）

故事裡，在阿關被打成叛徒、帶著化成大蛹的翩翩北上，那已是大結局的開始，一直到洞天大戰，差不多就是故事的大結局，而故事中的「六年之後」，只是一個小尾巴。

在長篇小說裡，故事高峰之後外帶一個平淡的小尾巴，是很常見的一個手法，例如在《魔戒》裡佛羅多將戒指扔入了末日火山，擊潰了魔多大軍之後，仍有個相當長的「哈比村奪還」；《神鵰俠侶》裡楊、龍登場，大敗蒙古之後，也仍有個華山之巔的尾巴。

這些故事的小尾巴，就好像一道大餐之後的餐後甜點。

若是要求餐後甜點要和主菜一樣豐盛，那便太奇怪了，有人吃完一份牛排之後，服務生端來的不是甜點，而是一份大號牛排嗎？

無論如何，牛排之後，再上一份大號牛排；打敗了魔王，再來一個背後大魔王，這不是我的飲食習慣和寫作習慣。

我的習慣，是把新的主菜留給下一餐；把新的感動，留給下一篇故事。

當然，若是心血來潮，剛好有了適合的靈感，也不排除端上一份小點心，便如同這篇番外篇一樣。

也希望各位朋友們別抱著吃大餐的期待來看待這些小點心，氣呼呼地上我的部落格質疑「爲什麼太歲鼎沒有爆啊？」（故事裡還沒修好呀！）

星子

TAI SUEI

國家圖書館出版品預行編目資料

太歲. 外傳, 奇異旅程 / 星子 著.——二版. ——
台北市：蓋亞文化，2021.01
冊；公分. ——（星子故事書房；TS027）
ISBN 978-986-319-528-3（平裝）

863.57 109020344

星子故事書房 TS027

太歲 外傳：奇異旅程（新裝版）

作　　者 星子（teensy）
封面插畫 葉明軒
封面裝幀 莊謹銘
責任編輯 盧琬萱
主　　編 黃致雲
總 編 輯 沈育如
發 行 人 陳常智
出 版 社 蓋亞文化有限公司
地址：台北市103大同區承德路二段75巷35號
電話：02-2558-5438　傳眞：02-2558-5439
電子信箱：gaea@gaeabooks.com.tw
投稿信箱：editor@gaeabooks.com.tw
郵撥帳號 19769541 戶名：蓋亞文化有限公司
法律顧問 宇達經貿法律事務所
總 經 銷 聯合發行股份有限公司
地址：新北市新店區寶橋路二三五巷六弄六號二樓
電話：02-2917-8022　傳眞：02-2915-6275
港澳地區 一代匯集
地址：九龍旺角塘尾道64號龍駒企業大廈10樓B&D室
電話：+852-2783-8102　傳眞：+852-2396-0050
二版一刷 2021年1月
定　　價 新台幣220元
Published and printed in Taiwan

GAEA ISBN / 978-986-319-528-3

GAEA

GAEA